KB116842

——— 미워하는 미워하는 미워하는 마음 없이

미워하는 미워하는
미워하는 마음 없이

1판 1쇄 발행 2021. 11. 8.
1판 7쇄 발행 2021. 11. 23.

지은이 유지혜

발행인 고세규
편집 김민경 디자인 지은혜 마케팅 김새로미 홍보 반재서
발행처 김영사

등록 1979년 5월 17일 (제406-2003-036호)
주소 경기도 파주시 문발로 197(문발동) 우편번호 10881
전화 마케팅부 031)955-3100, 편집부 031)955-3200 | 팩스 031)955-3111

값은 뒤표지에 있습니다.
ISBN 978-89-349-8022-3 03810

홈페이지 www.gimmyoung.com   블로그 blog.naver.com/gybook
인스타그램 instagram.com/gimmyoung   이메일 bestbook@gimmyoung.com

좋은 독자가 좋은 책을 만듭니다.
김영사는 독자 여러분의 의견에 항상 귀 기울이고 있습니다.

미워하는 미워하는
미워하는 마음 없이

유
지
혜

김영사

사랑의 안전지대를 넘어

여행을 떠난 친구로부터 편지가 온 적이 있다. 현지에서 부쳐 온 편지에는 이런 말이 적혀 있었다.

> 내가 생각했던 모든 것이 다 틀렸어!
> 근사한 곳에 따로 숨겨져 있을 것 같던 곳들이
> 너무 어이없게, 가깝게, 별거 아니게 있어.
> 진짜 허무하게 아름답다.
> 보란 듯이 가만히 있는 파리.

나는 친구가 파리에서 느낀 것을 지난 2년 내내 한국에 머물며 느껴보려 했다. 돌아온 이곳에서 모든 것을 다시 발견하고 싶었다. 스물아홉 이른 봄부터 국경 밖의 세계와 나는 멀어졌다. 뉴욕과 베를린, 파리는 아름다움의 안전지대였다. 그곳에서는 삶을 사랑하기가 보다 쉬웠다. 거리마다 가득한 찬란함과 나의 날을 엮을 수 있었다. 떠돌며 사는 한 나의 반짝임은 안전했다. 하지만 지금 이곳은? 내가 사는 오래된 아파트는? 매번 돌아오는 사계절과 별 볼 일 없는 동네 찻집은? 이제는 멀어진 과거의 기억들은? 이런 것들이 나에게 어떤 영향을 줄 수 있을까. 영 자신이 없었다.

고민하기 시작했다. 여행이라는 정체성이 빠진 내게 발생하는 모든 일을. 떠오르는 모든 생각을. 나를 나로 만드는 모든 지점을. 그 과정에서 동경했던 것들이 보였다. 그리움이 두려워 꺼내 보지 않았던 기억들과 닮고 싶었던 사람들, 나의 지금에 기여한 지난 시간들이 보였다. 그것은 단순한 과거가 아니라 현재였고 다가올 미래의 일부분이었다. 나는 그날들과 눈을 맞췄다. 아무 말 없이 끝까지 쳐다보다 보면 눈물이 흐르기도 했다. 10초간 서로를 마주 보다 울음이 터져버리는, 어느 영상 속의 연인처럼. 하지만 잊고 있었던 어떤 관계는 진행 중이었다. 그 관계는 빌려 읽었던 책이기도 했고, 학창시절 선생님이기도 했다. 짧게 스친 인연과 아끼는 옷 한 벌, 짝사랑이나 이별이기도 했다. 그 기억들은 잊고 있던 사랑이었다. 쌓아두기만 했던 어떤 시간을 꼼꼼히 들여다보고 그것과의 관계를 회복하며 나는 잃었던 무언가를 되찾았다.

2020년부터 시작된 이 특수한 상황을 특별하게 바꿔준 건 여러 종류의 사랑이었다. 나는 언제나 바깥에서 사랑을 기대하고 찾았으나 그것들은 내가 태어난 이곳에서, 아무것도 아닌 장소와 시간, 사람들 속에서 나를 기다리고 있었다. 그것들은 나와 가까운 사랑이자 허무하게 아름다운 사랑이며, 계속 발견되는 사랑이었고, 평범한 척 숨어있던 사랑이었다.

사랑은 우리의 삶에서 제일 중요하다. 그리고 사랑은 늘 충분하다. 더 이상 여행을 바라지 않는다. 내게는 충분한 사랑이 있기에. 사랑이 곧 여행이다. 나는 이제 어디서든 여행할 수 있다. 사랑의 안전지대를 넘어.

차
례

사랑이 전부라는 것
우리가 사랑에 대해 아는 전부
그것으로 충분하긴 한데 그 짐에
비례하여 바퀴 자국이 나겠지
_에밀리 디킨슨, 〈사랑이 전부라는 것〉

1부

동경할 때는 누구나 어린아이가 된다

가을만의

자태

|

"가을이 올 것이다. 나는 언젠가 어릴 적에
가을이면 사람들이 더 조용하고 더 현명해 보인다던
아버지의 말씀을 기억하고 있다."
_아모스 오즈, 《나의 미카엘》 중

가을이다. 나는 이 계절이 너무 흡족한 나머지 신이 계절을 만
들었을 때를 상상해본다. 아마 그는 가을을 짓는 시점에 가장
평화로운 상태였으리라. 그가 가을을 지은 날은, 나쁜 이별이

나 대학 합격 같은 큰 이벤트가 없는, 그 어떤 걱정이나 고민도 없는 보통의 날이었으리라. 그래서인지 가을은 부산을 떨지 않는다. 낙엽, 노을, 바람으로 낭만적인 분위기만 조성해주고 뒤로 빠진다. 눈치 있는 계절이다. 나의 생각은 그것들을 배경으로 주인공이 된다.

이맘때는 선선한 바람이 불어와 땀에 젖을 일도, 두꺼운 외투를 걸쳐야 할 일도 없다. 가을날에는 우아한 상쾌함만이 있다. 차분해진 날씨만큼 우리는 어떤 생각도 가공할 수 있는 어른이 되어볼 수 있다. 하지만 가을은 빨리 사라진다. 어떤 것도 책임지지 않는 홀연함으로. 되바라지게 더운 여름과 되바라지게 추운 겨울, 한 해의 시작이라는 타이틀을 얻은 봄은 자기 몫의 여운을 꽤 챙겨가는 데 반해 가을은 그 정취를 느끼기도 전에 스르륵 사라진다. 그래서 우리는 그 어떤 때보다 더욱 심혈을 기울여 우리에게 주어진 찰나의 가을을 붙잡아야 한다.

벌써부터 애가 탔다. 끝나지 않을 것 같은 무더운 여름을 마스크 안에서 꾸역꾸역 보낸 다음, 가을의 환상적인 날씨를 마주했을 때부터 불안에 시달렸다. 창문 밖으로 가을이 지나가 버릴 것만 같았다. 바깥의 가을날은 위험하다는 누명을 썼다. 일상은 상상 속의 목적지가 되어버린 지 오래였다. 나는 온종일 집에 머물며 베란다 창문을 여닫는 것으로 가을을 맞았다. 그러다, 가을이 그 어떤 오명도 쓰고 있지 않았을 때 무엇을 하며 시간을 보냈는지 떠올려보기로 했다.

가을이면 꼭 어딘가로 떠나와 있었다. 두 번의 뉴욕 여행 모두 이맘때였다. 그때 함께했던 친구와 나는 아직도 하루에 한 번씩 그 시절 뉴욕 이야기를 한다. 에스프레소처럼 꾹꾹 눌러 담아 내린 그때의 가을은 그 농도가 너무 진해서, 한참 동안 펼쳐보아도 부족함이 없다. 여전히 반갑도록 쓰고 떫다. 지금은 베를린에 살고 있는 그 친구는 살고 있는 곳이 이제 막 완연한 가을에 접어들었다며 언제나처럼 뉴욕 이야기를 늘어놓는다.

"오늘 아침에 잠들 때 '또' 뉴욕 생각이 나는 거야…. 찬 공기가 느껴졌던 그 숙소가 너무 생생하게 기억났어. 여름옷을 입어도 되고 긴 옷을 입어도 되는 그 선선함… 그 맨해튼 공기를 너무 잊기 싫어. 잔상이 남는 여행은 뉴욕밖에 없는 거 같아."

잔상이 남는 여행을 만드는 데 계절이 차지하는 부분은 얼마나 될까. 그 선선한 바람이 아니었다면, 어떤 옷을 걸쳐도 되는 가을만의 애매함이 아니었다면 우리가 그만큼이나 잊지 못하는 여행으로 기억할 수 있었을까. 가을바람에 차분하게 흩날리는 머리칼, 우수에 젖은 얼굴로 바라보는 강의 풍경, 언제나 생경하게 다가오는 저녁 공기의 움직임 그리고 살아있다고 느끼게 하는 모든 것. 이례적인 지금의 가을, 나는 끝없이 상상한다. 사람들이 바글거리는 단풍놀이, 건조한 실내 영화관, 인파로 북적이는 서점, 운동회, 음악보다 술잔이 더 많은 재즈 페스티벌에 있는 내 모습을.

  일상이 몽상이 되어버린 올해 같은 가을에 딱 한 권의 소설만 읽을 수 있다면 망설임 없이 아모스 오즈의 《나의 미카엘》을 집을 것이다. 탁하고 짙은 소설 자체의 분위기도 가을과 무척 잘 어울리지만 이토록 예민하고 깊은, 특히나 가을다운 소설을 본 적이 없다. 이 책을 '이스라엘의 국민 소설'이라거나 '고독과 절망에서 비롯되는 현대인의 결핍을 포착했다'와 같은 어려운 말로 소개하고 싶은 마음은 없다. 그저 주인공 여자가 한 남자(미카엘)를 만나 사랑에 빠지고 완벽한 가정을 이루었지만, 단조로운 일상을 참지 못해 상상의 세계로 도망치는 이야기를 담고 있다. 그가 일상에 갇혀있는 상황은 지금의 우리와 크게 다르지 않아서 작은 위로마저 전해진다.
  책 속의 주인공은 우울하다. 마음이 텅 비어 있다. 그는 다른 것을 원하고, 다른 곳으로 가고 싶어 한다. 그의 삶에는 아무 일도 일어나지 않기 때문에 무미건조한 현재의 자신에게 싫증을 낸다. 마음을 움직일 사건 하나 없이, 일상은 같은 음과 박자만 반복한다. 평화는 평화가 아니라 따분함의 지속이었다.
  그런 그의 유일한 할 일은 상상이다. 그는 몽상으로 권태의 시간을 채운다. 혼자 방 안에서 움직이지도 않고 빠져드는 상상이지만 그것의 성질은 결코 나른하지 않다. 그의 상상은 격렬하고 적극적이며, 가슴 저리도록 생생하다. 상상 속에선 다양한 존재들의 익살맞은 말썽이 계속되고, 그는 주도적으로 모든 일을 처리하는 전사가 된다. 그러나 상상이 끝나면 다시 제자리다. 그는 언제까지나 꿈이 가정에 머물며, 무엇도 이루어지지는 않는 무색무취의 일상에서 끝내 이런 말을 뱉는다.

"실제로 일어난다면."

그리고 이어 말한다.

"짐을 싸고, 준비하고, 연습하고⋯
여행은 언제 시작되나요, 미카엘?
나는 기다리고 기다리는 데 지쳐버렸어요."

이것은 내가 하고 싶은 말이다. 정확히 우리가 하고 싶어 했던 말이다. '여행은 언제 시작되나요.'

그 어느 때보다 변화 없는 하루하루를 보내고 있다. 우리는 그처럼 상상 속에 산 지 꽤 오래되었다. 하필 한 해 중 가장 아름다운 이 시기에도 절망적인 상황은 계속되고 있다. 하지만 어쩔 수가 없다. 똑같은 상황을 겪고 있는 서로가 연대하는 것이 가장 현명한 방법이다. 이 슬픔이, 이 애달픈 권태가 꼭 나만의 것이 아니라는 사실보다 더 큰 위로는 없을 것이다.

그러므로 나는 연대한다. 이 소설의 주인공과 외출을 자제하고 가을을 잃은 전 세계의 모든 사람들 그리고 지금 이 글을 읽으며 여행과 유학과 약속을 떠올리는 서글픈 그대들과 연대한다. 언젠가 우리는 가을을 되찾을 것이다. 무엇도 덧대지 않은 얼굴로 거리에서 만나게 될 것이다. 그러면 우리는 지금의 가을을 기억하며 기뻐할 것이다. 폭발적으로, 목청 높여, 키득거릴 것이다. 다행히도 가을은 다시 돌아온다. 수십 번 다시 주어질 기회가 있다. 얼마나 다행인지 모른다.

피아노

배우기

피아노를 배우기 시작했다. 최근 본 타로점에서 '미루던 공부를 해보는 것이 좋겠다'라는 점괘가 나왔기 때문이다. 나는 그 즉시 친구에게 물어물어 유명 가수의 건반 세션을 맡고 있다는 이에게 연락을 했다. 작업실 주소가 문자로 왔다. 그리고 그 주소로 찾아가 어설프게 인사를 건네는 그와 만났다. '쌤'이라고 부르게 된 남자는 덩치가 컸으며 동그란 안경을 쓰고 대학생이 입을 것 같은 무던한 반팔 티셔츠를 입고 있었다. 나는 티브이만큼 큰 모니터와 각종 장비가 가득하고 방음 시스템이

구비된 작업실을 두리번거리며 촌스럽게 말했다.

"〈무한도전〉 가요제에서 가수들한테 곡 맡길 때 찾아가는 그런 작업실 같아요, 하하."

차라리 말을 말지. 나는 오랜만에 학생이 된 터라 그 순간 어떤 표정을 지어야 할지 몰랐다. 무엇을 배우려는 시도가 10년 만인 데다가 선생님이 내 또래인 것도 처음이었던 것이다. 어색한 웃음을 짓다가 시간이 흘렀다. 앞으로 재즈와 화성학을 배우기로 하고 방을 나서려는데 그가 말했다.

"다음 시간부터 오선지 악보 가져오시고 치시던 곡 연습해서 오시면 돼요."

어린 시절 나는 여느 아이들과 크게 다를 바 없이 동네 피아노 학원에 다녔다. 손가락이 길어 한 옥타브를 무리 없이 누르고, 숙제도 성실하게 해오는 학생이었다. 유년 시절이 지나 집에 있던 피아노가 어디론가 사라진 뒤에도 학교 음악실이나 교회에서 틈나는 대로 피아노 앞에 앉았다. 피아노 치는 것을 꽤 좋아했다. 그러다 중학교 때 처음으로 자발적으로 곡 연습에 돌입했다. 좋아했던 남자애가 피아노를 멋들어지게 잘 쳤기 때문이다. 피아노를 잘 쳐서 걔를 좋아했던 건지, 걔가 좋아서 피아노 치는 모습마저도 좋았던 건지는 모르겠지만, 피아노를 치는 남자에게 반하지 않기란 거의 도전에 가깝다는 사실을 그때 알았다.

중학생 시절 나는 왈가닥 응원단장이었다. 그 남자애의 밴드가 공연을 하면 좋아하는 걸 들키지 않기 위해 모든 멤버의 플래카드를 다 만들었다. 나는 공연이 끝난 뒤 그에게 학교 축제에서 연주했던 솔로 곡의 제목을 물었고, 대답을 듣고 곧장 컴퓨터실로 가 우아하고 생소한 그 곡의 악보를 프린트했다. 노래의 제목은 빌 에반스의 〈Autumn Leaves〉.

악보를 손에 쥔 후로 쉬는 시간을 쪼개 음악실로 달려갔다. 내 모든 자투리 시간은 오답 노트가 아닌 재즈로 채워졌다. 그렇게 혼자 연습을 하고 있던 어느 날, 누군가 끼익 하고 무거운 문을 열고 들어오는 게 느껴졌다. 그 남자애였다. 그날이 아직도 생생하게 기억난다. 그는 나에게 치던 것을 마저 치라고 말하며 관객석 첫째 줄에 앉아 있다가, 이내 재밌는 걸 가르쳐주겠다며 내 옆으로 다가와 앉았다. 그와 기다란 피아노 의자를 나눠 앉게 되자 정신이 혼미해져 그 뒤로 내가 무슨 말을 했는지는 잘 기억나지 않는다. 정말 좋아하는 사람 앞에서는 끼를 부릴 수 없다. 몸과 마음이 그 순간 마비되기 때문이다. 결국 정신을 차리지 못하고 쓸데없는 이야기만 잔뜩 늘어놓았던 것 같다. 그는 자기 머릿속에 있는 악보를 꺼내어 근사하게 연주를 시작했고, 나는 '역시'라고 생각하며 졸업할 때까지 아무도 몰래 그 애를 좋아했다.

누군가를 좋아하면 모든 게 쉬워진다. 그 애가 좋아하는 것이면 뭐든 따라 좋아했고, 그 덕에 피아노와 친해졌다. 졸업한 뒤로 그 애를 한 번도 다시 본 적이 없지만 그 곡만은 선연히 기억했다. 어느 곳이든 피아노가 보이면 앉아서 그 곡을 쳤다. 그게 재즈인지도 모른 채 마냥 좋아했다. 그 이후로 다시 피아노를 좋아하기로 마음먹은 건 15년 만이었다. 수업 첫날, 나는 손과 발을 덜덜 떨면서 쌤 앞에서 첫 연주를 했다. 첫사랑 앞에서는 잘 보이고 싶어 떨렸고, 그의 앞에서는 칭찬을 받고 싶어 안달이 났다. 온전히 집중하지 못했다. 어른이 된 나는 다시 학생이 되어 누군가에게 내 부족함을 들키는 것이 어색했다. 실수를 창피해하다가 다음 박자를 놓쳤다. 쑥스러움이 내 손가락을 집어삼켰다. 쌤은 피아노 의자에 앉으며 이렇게 말했다.

"자, 우선 피아노 의자에 앉으면 공기가 달라져야 해요. 주변 공기를 지배해야 해요. 전 연주 시작하기 전에 꼭 심호흡을 세 번 하고 시작해요. 웃으면 안 돼요."

장난기 가득했던 그의 얼굴은 피아노에 앉자 금세 다른 사람이 되었다. 쌤의 연주는 비장하고 뻔뻔했다. 마치 보는 사람이 아무도 없다는 듯 아무것도 의식하지 않고 연주에만 몰두했다. 그의 연주는 어떤 때는 가녀리고, 어떤 때는 시원했으며 때때로 태연했다. 쌤은 연주를 끝내고 먼저 한 말과 정반대되는 뜻의 형용사를 꺼냈다.

"하지만 장난스러워야 해요! 조금은 바보같이."

그는 연주로 이 말의 의미를 들려줬다. 그는 일부러 박자를 놓치기도 했다. 그의 연주는 진지하면서도 장난스러웠고, 계획된 듯하면서도 엉성했다. 또 튕겨나갈 듯하면서도 얄밉게 박자들이 제자리를 찾아갔다. 쌤은 그 시절 내가 좋아했던 소년처럼 유려하고 진지한 모습으로 연주를 이어갔다. 그의 모습을 보며 나는 부끄러웠다. 피아노 앞에서 그는 전혀 다른 사람이 되는 듯 보였지만, 나는 쭈뼛거리느라 바빴기 때문이다. 배우고자 하는 사람에게 모르는 것은 죄가 아니다. 하지만 모르는 것을 부끄러워하는 것은 잘못이다. 진지하지 못한 것은 더 큰 잘못이다. 비엔나에서 들었던 발레 수업을 떠올렸다. 어설픈 동작을 하면서도 웃음기 없이 진지했던, 비장함이 가득했던 사람들. 나는 그들의 비장함을 빌려와야 했다. 나는 쑥스러움을 털어내고자 노력했다.

일주일에 한 번 쌤을 만나 연습한 곡을 선보였다. 수업 횟수가 늘어갈수록 나는 조금씩 뻔뻔해졌다. 내가 가진 모든 진지함을 쏟아내느라 연주하는 3분이 마치 전쟁 같았다. 마음만은 입시생이었다. 이따금씩 쌤의 특급 칭찬이 있을 때면 날아갈 듯 기뻤다. 수업 끝 무렵에는 그의 연주를 직접 볼 수 있는 기회가 주어졌다. 그는 건반 위를 날아다니는 듯 신나게 연주했다. 나는 넋을 놓고 감상하느라 악보 넘겨주는 것을 번번이 잊었다. 그는 언제나 진지하고 기쁘게 연주했다.

좋아하는 것에 몰두하는 사람의 눈빛은 그 어느 때보다 정말 눈부시게 빛난다. 좋아하는 것을 직업으로 삼고도 여전히 그 일에 애정을 잃지 않는 그에게 족집게 강사 같은 수업 따위는 바라지 않는다. 그의 연주만으로도 더 열심히 피아노를 치고 싶어지기 때문이다. 역시나 피아노 치는 남자를 좋아하지 않기란 여전히 불가능에 가깝다.

나는 〈나는 가수다〉의 애시청자였다. 노래 경연 대회의 원조격인 그 프로그램에는 대한민국의 내로라하는 이름 있는 가수들이 출연했고, 전주가 울려 퍼지고 가수가 첫 음을 떼면 시간이 멈춘 듯 모두가 숨을 죽이고 무대를 응시했다. 가수들의 열창도 좋았지만, 사실 내가 더 열중했던 건 방청객의 얼굴이었다. 가수들의 노래만큼이나 화면에 비친 방청객의 얼굴이 좋았다. 자기 모습이 어떻게 비칠지 조금도 신경 쓰지 않고 오직 노래에만 반응하며 자유롭게 일그러지는 얼굴. 무언가에 빠져드

는 순간, 가짜 표정을 지어내려 애쓰는 것만큼 어리석은 일은
없다. 관객들은 마치 노래의 주인공이라도 된 것처럼 눈을 질
끈 감거나 눈물을 흘렸고, 가슴이 터질 것 같은 격양된 표정으
로 노랫말을 따라 불렀다. 찌푸려진 미간에서 저마다의 감정이
춤추고 있었다.

아무것도 신경 쓰지 않는 이러한 모습은 심플하며 섹시하다.
누군가 한 가지 일에 빠져 있는 모습은, 그를 보고 있는 또 다
른 사람을 빠져들게 한다. 관찰자는 상대의 몰입이 깨지지 않
도록 조심하며 배려에 몰입한다. 나는 몰입의 얼굴을 보러 가
끔 카페로 간다. 그곳엔 커피 내리기에 몰두한 바리스타가 있
다. 그의 세계에는 오로지 커피를 향한 지독한 마음과 일정한
손의 움직임만이 존재한다. 목이 긴 주전자에서 흘러나오는 실
같이 가느다란 물줄기가 갈색 가루 사이사이를 꼼꼼히, 일정하
게 침투를 마칠 때까지 그 집중은 유지된다. 커피를 내리는 사
람들을 보면 마치 후광이 비치는 듯했다.

살면서 가장 긴 몰입을 경험한 건 작년 여름의 일이다. 온종
일 틀어박혀 원고만 썼다. 여행은커녕 외출도 삼가야 하는 시
국은 나 자신에게 파고들기 좋은 구실이었다. 책을 만든다는
것은 써놓은 글을 고치는 일이면서 꼭 한 번 다시 여행해야 하
는 일이었다. 단 하나의 목적을 가지고 놀입과의 의도적인 장
기 숙박을 시작했다.

집중하는 데는 더하기보다 빼기가 중요했다. 중요한 한 가지의 목적을 선명히 하려면 그 외의 다른 모든 것을 희미하게 만드는 작업이 필요했다. 그래서 온갖 상념, 계획, 친구들과의 연락, 스마트폰, 업무 메일, 엄마의 잔소리를 지웠다. 카톡 앱을 지우고 꼭 필요한 연락만 아이메시지를 이용했다. 세수를 하지 않은 날이 많아졌다. 끼니를 때우는 시간도 아까웠다. 그 시절 하루의 구호는 이러했다.

'빈손으로 오직 기억만 가지고 노트북 앞에 머무를 것, 수많은 기억 중 추억이라는 이름표를 단 녀석들만 잘 골라내어 담백하게 써낼 것.'

덕분에 생활 방식이 매우 단순해졌다. 계획을 세울 일 없이 눈이 떠지면 자연스럽게 일어났고, 원고 앞에 앉아서 글을 고치고, 배가 고파지면 밥을 먹었다. 그러다 해가 뜨면 잠을 잤다. 친구를 만나는 일도 아주 드물었다. 설사 친구를 만나고 있더라도 머릿속에는 온통 책 생각뿐이었다. '순서는 이렇게 고치고, 억지스러운 표현들은 아까워도 버리고….' 그러다 마주 앉은 친구에게 이런 말을 듣기도 했다.

"야, 너 정신이 나가 있는 것 같아."

속으로 생각했다.

'아닌데. 이렇게 정신이 제대로 박혀 있던 적이 없는 것 같은데.'

무언가에 홀려 있는 상태가 되려면 두 가지를 지켜야 한다. 하나를 선택하는 것 그리고 나머지를 포기하는 단호함을 갖는 것. 그로 인해 몸과 마음은 깨끗해진다. 그 순간에 명확히 존재하게 된다. 눈을 질끈 감고 자기만의 세계에 들어가는 것이다. 치열하고 얼얼하게, 그것밖에는 모르는 바보가 되는 것이다. 그런 날들을 경험하다 보면 제각기 흩어져 힘이 없던 자아가 하나로 모여 보란 듯이 할 일을 해내는 모습을 목격하게 된다. 작은 몰입들이 쌓이는 것이야말로 스스로를 차근차근 만나는 일이며, 찜찜함 없는 깊이를 만들어내는 일이다.

나는 '무아지경'이라는 표현을 좋아한다. 정신이 한곳에 쏠려 자기 자신조차도 잊는다는 뜻이다. 호흡이 긴 호기심을 가지고 순간을 무한으로 늘리는 무아지경의 순간에 우리는 자기 자신을 잊는 행복을 느낀다. 그것은 자신을 잠시 내려놓음으로써 느끼는 행복이다. 의식하지 않고 존재를 선택할 때 비로소 우리는 자유로워진다. 나는 스스로를 지나치게 의식할 때 불행했다. 그래서 나는 나 자신이 지겨울 때 몰입한테로 갔다. 그러면 홀가분함이 마음 가득 채워졌다.

일상에서 틈틈이 몰입할 수 있는 가장 쉬운 방법은 산책을 하며 좋아하는 노래를 크게 부르는 것이다. 노래에 흠뻑 빠져 그 음악이 나한테만 들린다는 사실조차 잊고서. 구린 냄새를 맡은 듯 잔뜩 찌푸린 표정으로 몸을 가볍게 흔든다. 그럴 때면 옆을 지나가다 흠칫 돌아보는 사람도 있고, 좋아하는 노래라면서 말을 거는 사람도 있다. 대부분 이상하게 여기겠지만 어차피 그들은 내일이면 내 얼굴을 기억하지 못할 것이다. 그렇게 나는 타인의 시선과 창피함마저도 잠시 잊는다.

책을 읽을 때도 마찬가지다. 첫 줄을 읽어 내려갈 때 매번 고민에 빠진다. 나를 둘러싼 수만 가지 유혹이 의식되기 시작한다. 그러다 비로소 몇 쪽을 넘기고 나면 어느새 나는 나 자신을 잊는다. 멀리 떠난다. 그 소설 속의 주인공이 되어 골치 아픈 일상의 문제를 말끔히 잊는다. 떠나고 잊고 잃어버리는데, 어째 모든 게 더 선명해지는 느낌이다. 어쩐지 인생을 잘 살고 있다는 기분마저 든다. 노래 하나를 열과 성을 다해 듣고, 책 한 권을 끈질기게 읽으며 내가 선택한 그 시간에 빠져있었을 뿐인데 어딘가에 닿을 것만 같다. 진심이라는 연필을 들고 무엇이든 써 내려갈 수 있게 된다.

의식하지 않는 자연스러운 얼굴, 개의치 않는 자유. 방청객들의 무아지경에 빠진 표정처럼, 나 자신을 완전히 잊을 때 인간은 100퍼센트 자기 자신이 되는지도 모른다. 몰입한 사람들은 생김새와 상관없이 언제나, 제일 예쁘다.

냄새들

가끔 향수 없이 외출하는 꿈을 꾸고는 그 꿈을 악몽이라 말했다. 향수를 걸치지 않으면 꼭 반쪽짜리 내가 된 기분이었다. 꼭 챙겨야 할 소지품으로 립스틱과 향수 중에서 하나만 선택해야한다면 나는 망설임 없이 후자를 선택할 것이다. 나에게 향은 그날의 옷차림을 완성하는 분위기였다. 향에 일가견이 있던 친구에게 향수의 의미를 물었더니 이런 대답이 돌아왔다.

"향수는 나를 표현할 수 있는 방법 중 가장 진한 사물인 것 같아."

　나에게도 나를 기억하게 하는 향이 있었다. 나는 그 향을 발견한 뒤로 몹시 애지중지했는데 어느 정도였냐 하면 그 누구에게도 그 향이 무엇인지 말해주지 않을 정도였다. 내 의지와는 다르게 그 향이 인기를 끌어 어디서나 맡을 수 있는 흔한 향이 될까 두려웠다. 이기적이게도, 그것이 나만의 희귀한 표현 수단이 되기를 간절히 바랐다.

　그러나 향수는 아무리 같은 향이어도 어떤 이의 손목에 닿느냐에 따라 자태를 달리한다. 한 잔의 와인처럼 향이 살아있는 것이다. 그래서 향수는 질리지 않고 매일 입을 수 있는 유일한 옷이다. 마치 연한 수채화같이 겹겹이, 성실하게 쌓여 스며든다. 향의 태도는 언제나 청순하지만 주변을 사로잡는 속도만큼은 적극적이다.

　향을 특별하게 만드는 수많은 이유 중에서도 가장 마음에 드는 건 모든 게 인터넷으로 주문 가능한 시대에 향수만큼은 선뜻 구매하기가 망설여진다는 것이다. 화면을 통해 얻는 향의 정보들은 너무나 모호해서 우리는 그 향을 직접 만나러 가는 여정을 택해 꽤 많은 공을 들여 그것을 선택한다. 향은 오래 고민하는 소비다. 옷이나 신발과는 다르게 분위기를 살 수 있기 때문이다.

그래서 나는 어떤 이의 분위기를 상상하고 싶을 때 가상의 냄새를 지어낸다. 가령 영화를 볼 때마다 주인공이 쓰는 향수를 상상하는 식이다. 그러한 시도는 가상 세계를 보다 현실적이고 구체적인 것으로 만들 수 있게 한다. 영화 〈애니 홀〉의 애니는 향수보다 은은한 향을 풍기는 비누를 썼을 것이다. 아카시아 냄새가 나지만 중성적인 향. 〈리플리〉에 나오는 부잣집 아들 딕키는 퇴폐미 넘치고 야생적인, 마치 사냥에서 돌아온 이에게서 날 듯한 향일 것이고, 〈베이비 드라이버〉의 주인공 베이비는 톡 쏘고 치기 어린 시원한 향, 〈녹색 광선〉의 주인공 델핀은 까탈스러운 말투처럼 어디로 튈지 모르는 돌발적이고 아리송한 향, 〈스쿨 오브 락〉의 록을 사랑하는 가짜 선생님 듀이는 묵직하면서도 사랑스러운 반전이 있는 향.

향을 파고들면 주인공의 성격과 이미지는 더욱 선명해지고 확장판에나 나올 법한 장면들을 미리 본 기분이 들었다. 나는 주인공을 더 주인공답게 만들기도 하는 냄새를 일상에서 존재감을 나타내는 용도로 사용했다. 많은 이들이 점점 나를 그 향으로 인식했다. 나의 집착에 우쭐한 무게가 실렸다.

우연히 만난 독자분들과 가볍게 포옹하고 나면 좋은 냄새가 난다는 말을 들었다. 어떤 날은 은행 직원에게도 그런 말을 들었다. 그래서 향수 이름을 적어주고 온 적도 있다. 한때 좋아했던 사람은 나를 만나면 매번 킁킁거렸다. "독특해. 한 번도 맡아본 적 없는 냄새야"라는 그의 말은 "독특해. 너 같은 여자는 처음이야"로 들렸다.

사람들을 사로잡았던 그 냄새는 무화과 향을 잔뜩 머금은 듯했고 비와 흙이 가득한 공원을 연상케 했다. 마냥 청량하지만은 않아서 가을과 겨울에 더 잘 어울리는 향이었다. 텁텁하지만 고급스러움이 느껴지는 향은 내가 지향하는 성격과도 닮아 있었다. 대치되는 느낌이 하나로 묶여 예측할 수 없는 아름다움이 생겨났다. 그 향기를 입을 때 꿈꿨던 이상적인 모습에 조금 더 다가갔다. 냄새에 대한 칭찬은 외모에 대한 것이 아니므로 있는 그대로 받아들여도 좋을 것 같은 시험에 빠진다. 내면을 향한 칭찬으로 들린다. 가볍게 치부되지 않는 아름다움으로 여겨진다. 그도 그럴 것이 내가 사모하는 한 여자에게 이런 말을 건넸더니 그는 날아갈 듯 좋아하며 살면서 들은 말 중 최고의 찬사라고 했다.

"바라보고 있으면 나무 냄새, 바람 냄새가 날 것 같아요."

향기보다 냄새라는 말을 더 좋아한다. 인간미가 깃든 그 말은 예쁜 것은 물론이고 더럽고 흉한 것까지 모두 포함하고 있기 때문이다. 그래서 더욱 극적인 느낌이 든다. 냄새는 생활에 가깝다. 편안하고 생생하다. 이미 세상에 있던 많은 냄새가 내 삶에 숨어있었다. 산다는 것은 냄새를 수집하는 일과 같은 일인지도 모른다. 냄새를 맡는다는 것은 기억한다는 것과 같은 의미였다. 불어오는 바람에 실려 있던 냄새 하나면 어떤 날들이 들이닥치듯 그대로 소환됐다.

어떤 날에는 그 애의 셔츠 냄새를 떠올렸다. 라지 사이즈의 셔츠에서는 언제나 섬유유연제 냄새가 났다. 별로 친한 사이도 아니었지만 가끔 서로를 안곤 했다. 봄이 올락 말락 하는 시기는 그와의 쓸데없는 감상적인 만남으로 채워졌다. 술에 많이 취했을 때나 공원 근처를 지날 때면 그 애의 셔츠 냄새를 떠올렸다. 언젠가 그 애에게 싫증이 났을 때조차 그 냄새만큼은 내게서 멀어지지 않았다.

여름에는 냄새들을 만나기 위해 산책을 했다. 주로 아파트 단지를 돌았다. 생활하는 공간만이 주는 애틋함을 만나기 위해서였다. 걷다 보면 지난봄 도쿄 외곽 지역을 여행하다 맡았던 가족의 저녁 식탁 냄새가 났다. 여행이라는 자유 속에서 내가 두고 온 것이 무엇인지 알려주는 냄새였다. 아파트 단지 모퉁이를 돌 때마다 그날 식탁에 오를 음식 냄새가 났다. 부엌이라는 따뜻한 프라이팬 위에 엄마라는 단어가 볶아진다. 다시 돌아갈 집이 있는 안도감의 냄새다. 그것은 매일매일의 평범함을 대표하는 냄새다.

종이 냄새를 맡으면 광화문의 어떤 카페로 가는 길목이 펼쳐진다. 신간을 의논하기 위해 출판사 대표님과 만난 어느 날, 나는 그가 선물로 가져온 서적들을 엄지손가락으로 쓸어 넘기며 폐 가득 종이 냄새를 들이켰다. 그는 책 선물을 받고 냄새를 맡는 이는 처음 본다고 했다. 냄새를 맡는다는 것은 새로 탄생할 책에게 줄 수 있는 기대의 표현이었다.

얼음 냄새는 또 어떤가. 맡는 순간 잃어버린 유년 시절이 돌아온다. 아이의 여름은 얼린 젤리나 아이스크림 속에 있다. 1990년대 특유의 오후. 왠지 모를 한산함, 여유로움. 어른, 아이 할 것 없이 더 순진했던 것만 같은 시절로 되돌아간다. 유년의 여름 조각 중 또 하나로 수영장 냄새가 있다. 가슴도 근육도 겨드랑이 털도 없는 우리가 쫄쫄이 수영복을 입고 수영을 할 때 엄마들은 옷을 다 입고 모여 수다를 떨던 그 순간의 냄새가 난다. 비릿한 물 냄새를 맡으면 귀가 멍멍해진다. 쭈글쭈글해진 손가락과 발바닥에는 타일의 감촉이 느껴지는 듯하고, 한 손에는 다 녹은 쭈쭈바가, 한 손에는 실내화 가방이 들려 있는 듯하다.

고등학교 시절을 채우는 냄새는 이런 것들이다. 나일론 스타킹 냄새, 샤프심 냄새, 청소 시간 왁스 냄새, 싸구려 냉동식품 냄새, 체육 시간 이후 체취로 가득한 교실 냄새, 급식으로 자주 나왔던 생선튀김 냄새, 이면지 냄새. 그 모든 냄새는 교복을 입은 여고생의 모습을 만든다.

여행의 냄새는 나라마다 다르다. 그러나 그 모든 여행은 비행기의 에어컨 냄새에서 시작된다. 그것은 시간을 희생하는 냄새다. 핀란드나 러시아 경유 공항에 꼭 있는 작은 서점에서는 잡지 특유의 반질반질하고 두툼한 코팅지 냄새가 난다. 지린내는 파리의 대로변을 떠올리게 하고, 곰팡이 냄새는 런던 소호의 빈티지 숍으로 걸어 들어가는 기분이 들게 한다. 백화점 1층 냄새와 면을 삶는 냄새는 런던을 소환한다. 녹차와 도자기 냄새는 어느새 도쿄의 추억을 드리우고, 태양에 익은 아스팔트 냄새와 에스프레소 냄새는 이탈리아 한복판에 나를 떨어뜨린다.

세제 냄새는 아빠로 이어진다. 어느 새벽, 싱크대에 들어있던 동그란 플라스틱 통을 열었을 때 작은 포크 두 개가 들어있었고 시큼한 파인애플 냄새가 올라왔다. 그가 일을 나가며 챙겨간 간식거리였다. 나는 그 냄새를 통해 한 번도 마주한 적 없던 아빠의 일과와 동행했다. 배웅하는 고양이에게 조용한 키스를 남기며 시작되는 아빠의 새벽 다섯 시가 보였다. 물류 센터에서 분류되는 박스들과 김밥이나 짜장면으로 때우는 때때로 부실한 점심, 울리는 전화기, 목장갑을 낀 그의 손이 보였다. 여름보다는 차라리 겨울이 좋다며 두꺼운 외투로 무장한 얼굴과 배송을 재촉하는 사람들과 이미 만원인 무인 택배함이 보였다. 엘리베이터를 잡아주는 멋진 주민이나 오늘의 마지막 물건을 배송하는 순간이 보였다.

나는 다시 한번 어떤 기억으로 돌아간다. 어릴 적부터 쭉 함께였던 그의 화물차 냄새를 통해 나의 몸집이 지금의 반 크기였을 때 텐트 대신 그 안에서 잠들었던 강원도의 밤 폭포 냄새를 되뇐다. 아빠의 코 고는 소리와 내 종아리에 닿았던 엄마의 옆구리를 떠올린다. 대나무 장판과 대롱대롱 매달아 두었던 모기향 냄새를, 텐트가 떠내려간다고 다른 피서객들이 서둘러 잠에서 깨었을 때 우리만 느긋했던 그날 새벽을, 의기양양했던 우리 가족의 얼굴을, 카세트에서 울려 퍼지던 박정현과 임재범의 듀엣곡과 그 지역에서만 팔던, 도저히 이름을 기억할 수 없는 복숭아 맛 음료를 기억한다.

시간과 싸워 살아남은, 추억의 광채를 머금은 냄새들은 영원히 죽지 않을 것처럼 그 자리에 남아있다. 냄새 옆에서는 아무리 오래된 추억도 그리 어색하지 않다.

진짜 시들은

달아나지

나에겐 나쁜 습관이 하나 있었다. 바로 느끼기 전에 먼저 소유하려는 습관이다. 사진 찍기가 모두의 일상이 되면서 나는 어떤 아름다운 것을 볼 때마다 조바심을 냈다. 처음에는 이색적인 풍경을 보고 그랬고, 그 후로는 점점 일상의 모든 것을 보며 불안해했다. 편집된 아름다움이 전시되어 각광받는 세상에서 나도 사진이 필요했다. 사진은 순간을 기념하는 도구로, 예전엔 중요한 날에나 간간이 쓰였다. 하지만 요즘은 미술관에서, 콘서트장에서, 여행지에서, 거리에서 모두가 스마트폰을 들고 찍는다. 아름다운 것을 그 자체로 감상한다기보다 그것을 감상하는 나의 취향과 고상함을 알리는 것이 당연한 시대다. 사람들은 흘려보내는 법을 잊은 듯했다.

최악은 사진을 찍으며 누군가를 기다리게 하는 거였다. 정확히 말하자면 서로를 기다리게 했다. 서로가 원하는 포즈로, 서로가 원하는 구도를 담기 위해서 많은 시간을 허비했다. 그 모든 착오를 추억이라고 하기엔 너무 고달픈 비하인드 신이었다. 순간을 포착하려는 지독한 시도는 그 반짝이는 순간을 연장하는 것이 아니라, 가지고 있던 고유한 매력마저 없애버렸다. 행복은 낚아채 자랑하려는 순간 멎어버렸다. 나를 둘러싼 세계의 특별함을 공유하려는 시대. 그 프레임 안에서 우리의 모습은 완벽하다. 타인을 의식한 행복이 어디까지가 가짜이고, 어디까지가 진실일지 자주 생각했다.

언젠가부터 나는 습관적인 사진 찍기를 포기했다. 나 혼자 뒤처져 무언가를 놓칠까 불안했지만 불안하면 불안한 대로 순간 속에 머물렀다. 찍어서 소유하는 것보다 보는 그 자체에 집중하기로 했다. 어떤 야경과 어떤 울음, 어떤 시간들. 더 잘 보고 더 잘 기억하기. 찍히지 않고 공유되지 않는 순간순간이 모이자 삶은 더욱 비밀스러워졌다. 순간이 저문 후에도 나의 기억 속에 그 비밀들은 선명히 남았다. 좋아하는 영화 〈월터의 상상은 현실이 된다〉에 이런 장면이 있다. 영화 속 유명 사진

작가는 히말라야산맥에서 그토록 기다리던 희귀종인 눈꽃 표범을 찾아냈지만 사진을 찍지 않는다. 의아해하는 동행인에게 그는 이렇게 말한다.

> "아름다운 것들은 관심을 바라지 않지. 어떤 때는 안 찍어. 아름다운 순간을 보면 카메라로 방해하고 싶지 않아. 그저 그 순간 속에 머물고 싶지."

에밀리 디킨슨의 글은 아름다운 것들의 태도를 대변한다. 그의 시 중에 이런 글이 있다.

> 여름 하늘을 보는 것은
> 시, 하지만 책에는 결코 실리지 않는다 —
> 진짜 시들은 달아난다 —
> _에밀리 디킨슨, 〈여름 하늘을 보는 것은〉

많은 시들이, 많은 순간들이 내 앞에서 달아났다. 책에도, 앨범에도 실리지 않고 주목을 바라지 않은 채. 나는 뒤쫓지 않았다. 그들이 잠시 나타났다가 사라지는 것을 바라보기만 했다. 신발주머니를 무릎으로 튕기며 지나가는 초등학생, 아스팔트 벽돌 사이에 핀 민들레, 길고양이, 매일 아침의 해, 촌스러운 그릇에 담긴 할머니의 어떤 찌개, 사랑하는 사람의 하품, 계절, 나만 아는 나의 노력들, 우리만 기억하는 그 시절의 농담들……. 진정 자연처럼 아름다운 것들.

눈에만 살며시 담아본다. 방해하지 않고, 소리 내지 않고. 그것은 주목을 바라지 않는 것들의 아름다움을 인정하는 일이다. 나중에 꺼내 볼 마음까지도 그 순간에 다 쏟아버리는 것이다. 나는 때때로를 놓침에 기뻐한다. 그리고 실감한다. 가장 아름다운 순간들은 기록되지 않았음을.

착하지 않은

말

글이 써지지 않는 날에는 일단 무엇이라도 읽어야 한다. 읽는다는 건 오랜 시간을 이겨 살아남은 책의 힘을 깨닫게 하고 글 쓰는 행위에 대한 막연한 자부심을 느끼게 한다. 읽다 보면 무엇이라도 쓰고 싶어진다. 하지만 한편으로는 내가 지금까지 썼던 모든 것을 불태워버리고 싶은 욕망도 들게 한다. 이토록 위대한 작품들이 널려있음을 깨닫고는 '굳이 나까지 글을 써야 할까' 하는 의심이 드는 것이다. 내가 애정하는 작가 프랑수아즈 사강은 고작 열아홉에 이례적인 데뷔 후 세계적인 작가로 성장했는데, 나는 지금 서른인 데다 한 장짜리 글조차 쓰는 것이 힘겹다.

나는 책을 덮어버렸다. 삶을 쓸 수 없다면 엿보기라도 해야하니까 어딘가로 뛰어드는 심정으로 코트를 집어 들고 급하게 집에서 빠져나왔다. 파리의 광장에 있는 카페는 아니더라도 그곳이 나를 도와줄 것 같았다. 더 자괴감이 들기 전에 '그' 찻집으로 갔다. 아파트 단지 상가에 있는 허름한 찻집. 세련되지 않아 젊은 손님은 찾아볼 수 없다. 차나 커피를 식혜처럼 원샷 하는 아저씨들이 주 고객이었다. 진열대에는 판매하는 것처럼 보이지만 판매하지 않는 제품들이 복잡하게 놓여있었다. 그러나 가운데 크게 자리를 차지한 원목 테이블만큼은 찻집답게 깨끗이 정돈되어 있었다.

테이블이 딱 하나뿐인 이곳은 찻집 사장님과 마주 보는 구조로 되어 있었는데, 손님이 앉을 수 있는 의자는 모두 네 개였고 그중 끄트머리 두 자리에는 중년 남자 둘이 앉아서 담소를 나누고 있었다. 나는 남은 빈자리에 앉아 조용히 차를 한 잔 주문한 뒤 그들의 이야기를 엿들었다. 한 명은 차에 대해 전문가 수준인 사람, 다른 한 명은 상대적으로 차에 대해 무지한 사람으로 보였는데 그들의 이야기에는 두서가 없었다. 50대 남자들은 생각보다 수다스러웠다. 차에 대해 잘 모르는 쪽이 푸념하듯 말했다.

"글쎄, 차 한 통에 40만 원을 부르더라니까요. 울며 겨자 먹기로 사긴 샀는데 아니, 나중에 보니까 그 찻잎에 노끈 같은 게 섞여 있었어요. 나 참. 40만 원이면 큰돈인데 말이죠."

차를 잘 아는 쪽에서 조심스럽게 되받아쳤다.

"주로 공장에서 이뤄지는 작업이다 보니 노끈이 섞여있는 경우도 종종 있습니다."

차를 잘 아는 쪽은 단호했다. 보통 이야기의 흐름을 위해 상대방이 꺼낸 말에 굳이 옳고 그름을 따지지 않고 넘어가기 마련인데 그는 친절한 쪽보다 정직한 쪽을 택했다. 그러면서 몇 년 전에 지인 몇몇과 함께 차를 타고 다니며 중국 찻집 투어를 했다고 덧붙였다. 그가 말하는 내용은 전부 더하거나 뺀 것 없이 있는 그대로의 사실로 들렸을 뿐 자랑처럼 들리지 않았다. 그리고 곧 이렇게 물었다.

"선생님께서는 만약 중국에서 차를 원가 10만 원에 들여온다고 하면 국내에서 얼마에 판매되어야 한다고 생각하세요?"

차를 모르는 쪽이 약간의 거드름을 피우며 이렇게 말했다.

"아이고, 당연히 네다섯 배는 받아야지요. 그래야 차 파는 사람들도 먹고살지요…."

마치 그렇게 대답하는 편이 차 업계에 종사하는 사람에게 호감을 얻을 수 있겠다고 판단한 것처럼, 혹은 자신이 부르는 대로 찻값을 정할 수 있다고 여기는 것처럼 답했다.

"허허, 선생님 같은 분들만 계시면 한국에서 차 장사할 맛이 나겠네요."

차를 잘 아는 쪽은 자신의 칭찬 덕에 신이 난 상대방을 보며 다시 말을 이었다. 아까부터 일관해온 태도를 유지한 채.

"그런데 정말 죄송한 말씀입니다만, 대여섯 배의 값을 받는 것은 엄연한 폭리입니다. 그렇게 되면 파는 사람이야 이익이 많이 남아 좋겠지만, 더 많은 사람이 차를 즐길 수 없게 될 것입니다. 차라는 것은 누구나 정당한 값을 치르고 누릴 수 있어야 합니다. 그래야 차 문화에도 관심을 갖는 사람이 늘어나게 되지요."

"아 그렇군요. 듣고 보니 맞는 말씀이네요. 허허…."

남자는 멋쩍게 웃으며 수긍했다. 이후 이어지는 대화에서 그의 목소리는 자신의 말할 차례가 돌아올 때마다 작아졌다. 그를 타박한 이는 아무도 없었음에도 주눅이 든 듯했다. 지인이 여행길에 사다 준 짝퉁 롤렉스 시계에 한동안 주변 사람들이 속곤 했다는 일화는 꽤 재미있었는데도 그의 말에는 흥미가 감돌지 않았다. 눈치를 보며 만들어지는 말들은 매력적인 알맹이가 없었다. 찻집 사장님과 차를 잘 아는 남자는 텅 빈 웃음으로 그의 말에 대꾸하는 듯했지만 제삼자로서 나는 짐작할 수 있었다. 아무도 그의 말을 듣고 있지 않음을.

그들의 대화를 듣다 보니 지금은 연락이 두절된 오랜 친구가 떠올랐다. 중학교 시절, 모든 말에 수긍하던 여자애가 있었다. 그는 어디서든 착한 여자애로 통했다. 다른 친구는 그를 두고 이렇게 설명했다.

"걘 '너무' 착해. 그래서 걔랑 쇼핑은 절대 가면 안 돼. 어떤 날에는 내가 정말 해괴망측한 자주색 스웨터를 입고 나왔는데 너무 예쁘다면서 손뼉을 치더라니까!"

끊임없이 맞장구를 치면서 찡그린 얼굴을 보이지 않는 것이 그의 신조처럼 보였다. 영혼 없이 뱉는 예쁜 말은 습관이 되어 있었다. 그것은 색채가 없는 친절함으로, 그의 개성을 죽이고 그가 하는 말과 행동을 연약해 보이도록 했다. 모든 걸 아름답게 바라보는 것은 좋은 일이지만, 그도 마음에 없는 말을 지어내는 자신의 행동을 못마땅해하고 있었다. 우리는 그에게 매사 착하게 말하지 않아도 된다고 충고했다. 정확히는 너의 의견을 묵살하면서까지 착할 필요는 없다고 했다. 본래의 착한 심성은 그렇다 쳐도, 졸업 후 마주하는 세상에는 상냥함을 이용하는 사람들이 많다고 들었기에 미리 걱정했던 것이다.

시간이 흘러 그는 좋은 대학에 갔고 어렵다는 시험도 한 번에 통과했다. 그보다 더 기뻤던 건 그가 덜 착한 사람이 되어 있었다는 거다. 내가 들은 바로는 지금은 남을 위해 좋은 말만 하는 강박에서 벗어난 것처럼 보였다. 혹자는 그의 말투가 꽤 직설적으로 바뀌었다고 전했다. 그를 싫어하는 사람이 등장하기까지 했다. 예전의 그였다면 진심 없는 말들로 모두를 자기 편으로 만들었을 것이다. 모두에게 잘 보이려는 노력에서 벗어난 그는 좀 더 자유로워진 것 같았다.

그는 여러 과정을 통해 지나친 착함을 솔직함과 구별함으로써 더욱 명료하게 자기 자신을 찾았을 것이다. 나는 그와 10년 넘게 만난 적도, 연락을 주고받은 적도 없지만 그를 떠올릴 때마다 내심 기뻤다. 그는 할 말은 다 하고 사는, 착하지만은 않아서 더욱 매력적인 어른이 되어 있었다. 그가 하는 말에는 이제 진실이라는 매력이 실리게 됐다.

물론 나는 누굴 지적할 처지가 못 된다. 누군가의 호의를 얻으려고 비어 있는 말들을 기계처럼 뱉어내던 순간들이 꽤 있었기 때문이다. 진실하지 못했다는 죄책감, 많은 밤 수면 위로 떠올라 나의 잠을 방해하는 과거의 말들, 잔잔한 아침. 누군가 나를 비난할까 봐 맘 졸이던 날에는 나의 자아에 아슬아슬한 균열이 일고 있었다. 내가 뱉은 빈말들은 스스로에게 허락한 작은 모욕이었다. 때때로 나는 상대방의 기분을 내 기분보다 먼저 생각했다. 평판이 두려워 거짓 배려를 일삼았다. 솔직함을 삼키고 불쑥불쑥 순수함을 잃었다.

내 친구들 중 이런 고민과 전혀 어울리지 않는 이가 하나 있다. 은경이다. 그가 하는 말은 거짓되지 않아 매번 명쾌했다. 그가 입에 발린 소리를 하는 것을 본 적이 없다. 내가 아는 한 언제나 딱 잘라 진실을 말했다. 진실은 너무나도 투명해서 때로 아팠지만 그는 눈치를 보지 않고, 자기가 생각하는 대로 솔직하게 말했다. 내가 고민상담을 하거나 쓰고 있는 글을 보여줄 때면, '그 남자는 최악인게 분명하다' '이 글에서는 좀 더 강조된 문체가 좋겠다'고 말하는 등 자기 의견을 가감없이 피력했다.

나는 그 단호함이 싫지 않았다. 달콤한 말로 잘 보이려고 애쓰지 않아 완벽했다. 그것은 그와 내가 얼마나 막역한 사이인지 보여주는 지표이기도 했다. 그가 진실을 말해도, 내가 그의 말을 맞받아쳐도 서로를 향한 마음이 조금도 멀어지지 않을 거라는 확신이 관계의 기저에 깔려있었다. 그가 "예스"라고 할 때면 나는 그 한마디의 진정성과 타당성을 온몸으로 느끼고 그 말에 더욱 귀 기울였다.

그와의 대화는 솔직한 표현들이 오가며 활기를 띤다. 그래서 우리의 일명 '티키타카'가 가능하다. 차를 잘 아는 이와 잘 모르는 이가 실패했던 일 말이다. '티키타카'는 탁구공이 왔다 갔다 하는 소리를 일컫는 말로 죽이 잘 맞아 오가는 대화를 뜻한다. 탁구공이 짧은 호흡으로 끊임없이 오가려면 망설임이 없어야 한다는 게 첫 번째 조건이다. 우리는 거침없는 솔직함으로 가치 있고 꽉 찬 대화를 만든다. 좋은 대화란 서로를 알아가는 것이다. 서로를 알아가려면 있는 그대로의 자기 의견을 내보이는 태도가 필요하다. 그 태도는 곧 상대방을 존중하는 것이기도 하다.

올해 나이의 앞자리 수가 바뀐 나는 다짐한다. 새로운 10년 동안에는 말 한마디, 한마디 진심으로 세상에 내놓자고. 그것이 날렵한 거짓말보다는 덜 사랑받아도, 굳이 내 진심이 아닌 말들로 나를 포장하려 애쓰지 말자고. 침묵이나 어색함을 깨기 위해 내 생각이 아닌 말을 내뱉지 말자고. 솔직함을 택하고 그냥 후련해지자고 다짐했다.

어느새 해가 저물었다. 이런 생각을 하다 보니 가게에는 나와 사장님 단둘만 남았다. 내 앞의 차도 식어가고 있었다.

일대일의

예술

친구나 지인을 만날 때 일대일로 만나는 것을 좋아한다. 나를
포함하여 세 명 이상인 모임을 갖는 건 1년에 한 번 있을까 말
까 한 일이다. 학창시절에는 본능처럼 무리 지어 다녔어도 언
제나 마지막에 남는 건 한 친구뿐이었다. 그 친구와 나만 아는
세계가 있었고 그 세계는 다채로운 비밀로 단단해졌다. "너만
알아야 해"라고 운을 떼우며 말하는 비밀은 우리의 사이를 특
별하게 만들어주는 듯했다. 둘이 있을 때는 어떤 이야기든 할
수 있었다.

서로만의 비밀이 가득한 친구 사이는 책을 읽는 일과 유사하다. 독서는 쓰는 이와 읽는 이가 일대일로 만나는 일이다. 책을 읽다 보면 나에게만 슬쩍 자기 비밀을 말해주고 있다는 느낌을 받는다. 차를 한 잔 앞에 두고 저자와 마주 보고 있는 기분이다. 읽는 동안 저자와 나는 종이 속 사연을 맘껏 쏘다닌다. 저자가 고심해서 만들어낸 세계 속을 유영한다. 이야기는 나에게만 허락된다. 단 한 사람만을 위한 예술이다. 그렇게 한 권의 책은 지극히 개인적인 관계 하나를 보장한다. 우리는 비대면으로 비밀을 공유한 사이가 된다. 책은 어쩌면 한 권짜리 귓속말이다. 소설가이자 시인인 보르헤스도 일대일의 관계에 대해 한 인터뷰에서 이런 말을 남겼다.

"군중이라는 것은 환상이에요. 그런 것은 존재하지 않아요.
나는 여러분에게 개인적으로 이야기하고 있는 거예요."

서점에 갈 때마다 단짝 친구를 고르는 기분이 든다. 이제껏 내가 고른 책들 중 지루한 책, 탁월한 책, 어려운 책 등 다양한 책이 있었지만 그중 자기 비밀을 말해주지 않은 책은 단 한 권도 없었다. 그런 점에서 책과 우리 사이는 언제나 솔직하다. 우리 사이에는 그 어떤 비밀이나 허물이 없다.

깨끗한

이별

첫 만남은 친구의 소개였다. 친구는 아는 오빠가 일하는 식당
에 가보자고 했다. 우리는 바 자리에 앉았다. 그의 얼굴은 모자
에 가려 잘 보이지 않았다. 우리는 흥이 난 채로 맥주를 여러
잔 비웠다. 가게에는 내가 좋아하는 오래된 노래들이 많이 나
왔다. 손에 꽉 차는 맥주잔을 움켜쥐고 수시로 기울이며 감미
로운 '빛과 소금'의 노래를 따라 불렀다. 그렇게 시간을 보내고
계산하려는 차에 친구를 따라 그에게 인사를 했다.

"안녕하세요…"

"아, 네. 안녕하세요….'

친구는 화장실에 갔고, 그는 내게 수줍게 말을 건넸다.

"아, 저 예전에 책 읽었어요."

그제야 우리는 제대로 눈을 마주치고 인사를 했다. 그 사람을 처음 마주하는 순간이었다. 그는 모자를 푹 눌러쓴 탓에 고개를 조금 들고 챙 너머로 시선을 던지고 있었다. 또렷한 동공, 선한 눈빛, 조금 머뭇거리는 듯한 몸짓. 순수해 보였다. 나는 그에게 끌리고 있었다. 그에 대해 아는 것은 아무것도 없었지만, 왠지 느낌이 좋았다.

친구와 나는 호텔로 돌아갔다. 우리는 시종일관 수다를 떨었고 그러다 보니 그에 관한 생각도 자연스레 잊었다. 하지만 다음 날 밤이 되고, 비바람이 불자 그가 다시 보고 싶어졌다. 한 번만 더 보고 싶었다. 이성적으로 행동한다면 안 가는 게 낫지만 때로는 감정이 이성을 이기게 놔두는 것도 괜찮을 것 같았다. 나는 친구를 졸라 또 그 가게에 갔다. 어떤 메뉴를 시켰는지는 기억나지 않는다. 음식을 먹으러 간 건 분명 아니었으니까. 눈치가 빠르고 영민한 내 친구는 스리슬쩍 그에게 퇴근 후 스

케줄을 물었다. 우리는 그의 일이 끝나는 아주 늦은 새벽에 다시 만나기로 했다. 히피들처럼 밤거리를 방황하고 있는 우리를 그가 차로 데리러 왔다. 대학 주점 같은 호프집에서 소시지 안주를 시켜두고 술잔만 연거푸 비웠다. 그도 내게 호감이 있는지 참을 수 없이 궁금해 목이 타들어 갔다. 쭈뼛쭈뼛 실없는 대화가 오가는 속에서도 내 마음만은 곤두서 있었다. 우리는 2차를 편의점에서 해결하기로 했다. 취해버렸다. 혀는 꼬였지만 마음은 도리어 빳빳해졌다. 부끄러움도 없이 생각이 가는 대로 툭툭 말을 내뱉게 되는 것이다. 친구와 나는 그에게 사투리를 배우고 있었다. 그러다 나는 불쑥 다음과 같은 말을 뱉었다.

"좋아한다, 가 사투리로 뭐예요?"(뻔뻔하기도 하지) 그가 웃으며 답했다.

"좋아하맨마씸."

술에 취한 나는 그 말이 잘 외워지지 않아 말하고 또 말했다. 섬에 사는 사람들의 언어는 바람 소리를 이길 만큼 억세다고 들었다. 강력 접착제처럼 입에 착 달라붙는 발음. 외국어로 들릴 만큼 이국적이었다. 망설임을 뒤로하고 마침내 내뱉는 청년의 고백처럼 그 말은 단단해 보였다. 살랑살랑 부드러운 바람이 부는 가을밤, 닿을 듯 말 듯 젊고 아름다운 기운이 우리를 에워싸고 있었다. 그와 더 가까워지기 직전, 백지상태의 머릿속에서 여러 호기심이 떠올라 잠이 달아날 지경이었다. '어떤 사람일까?' '어떤 음악을 들을까?' '어떤 스타일의 여자를 좋아할까?' 그날 우리는 편의점 앞 벤치에서 밤을 새웠고, 다음 날 아침 나는 비행기를 타고 내가 속한 곳으로 돌아가기 위해 공항으로 향했다. 공항에 도착하자 그에게서 문자가 왔다.

좋아하맨마씀.

비행기에 오른 나는 초췌한 얼굴로 씩 웃었다. 사랑에 빠질 자신이 있었다. 일주일 뒤 나는 그를 만나러 갔다. 우리는 밤의 해변을 걸었다. 아직 여름을 벗어나지 못한 맨발과 맨손을 모래에 담갔다. 모래성을 만들다가 고개를 젖혀 별을 보았다. 주변에는 아무도 없었다. 별도 멀었다. 세상에 우리 둘만 있는 것 같았다. 그는 내 어깨에 얼굴을 묻었다. 무척 쑥스럽다는 듯, 소년처럼. 그렇게 9월의 연인이 탄생했다.

나는 그가 이따금 써주는 편지가 좋았다. 내가 걸어 들어오던 모습을 잊을 수가 없다며 "넌 확실히 누가 봐도 서울 여자였어"라고 말하던 목소리가 좋았다. 옷가지가 많지 않은 것도, 자기가 아끼는 옷을 줄곧 입는 것도 좋았다. 누구보다 자기 일에 열심인 모습이 좋았다. 그 성실함을 인정받고도 겸손함을 잃지 않는 사람이어서 좋았다. 누구에게도 말하지 않았던 혼자만의 고민을 끙끙대며 해결한 뒤 내게 슬쩍 말해주어 좋았다. 군더더기 없는 말로 보내오는 문자들과 땀에 젖은 티셔츠가 좋았다. 그런 그에게 속해 있고 싶었다. 그의 모든 것이 알고 싶었고, 솔직하고 즐거운 시간을 쌓고 싶었다.

하지만 이런 바람이 무색해질 만큼 우리는 시간을 쉽게 허비했다. 허무하리만큼 짧은 만남을 뒤로하고, 너무 뻔한 말이지만, 우리는 헤어졌다. 왜 그래야만 했는지, 그 이유를 말하는 것은 지루하다. 사랑하는 것에는 수많은 이유를 대기 좋지만 헤어지는 것은 뻔한 문제다. 마음과 상황을 설명하는 것이 이별에 대한 변명의 전부다. 우리는 멀리 떨어져 있었고 우리의 역사는 무척 짧았다. 완벽한 두 번의 데이트와 수많은 연락과 그의 바쁜 생활과 나의 긴 여행, 그게 변명의 전부였다.

우리는 아무것도 안 한 사이라서, 서로에게 아무것도 아니었다. 쉽사리 사랑에 빠졌지만 그것을 뒷받침할 만한, 근거가 될 만한 행동들은 너무 부족했다. 우리는 몸을 맞대고 서로를 겪을 시간이 없었다. 제대로 다툴 줄도 몰랐고 제대로 실망할 줄도 몰랐다. 너무 속상한 나머지 무례한 말을 건네 상처를 입히거나 윽박지르며 싸울 줄도 몰랐다. 해만 쨍쨍한 연애였다. 비나 바람, 눈, 소나기 그밖의 모든 날씨가 없는, 그 모든 것에 대한 눅눅한 기대만이 있는 연애였다.

내가 기대했던 날씨와 계절들은 기다림 속에 매몰되어 갔다.

구속도 없고 권태도 없는, 어떤 친밀감이 탄생시킬 미래가 보이지 않는 시간이었다. 나는 그런 사랑이 괜찮지 않았다. 어쩌면 이것은 아직 사랑이 아닌지도 몰랐다. 하루만 안 봐도 죽을 것 같은 연애, 서로의 일상을 침범해 서로만 아는 시간이 다른 모든 시간을 이기는 연애를 하고 싶었다. 드라마 〈섹스 앤 더 시티〉 속 캐리의 대사처럼 우스꽝스럽고, 불편하고, 소모적이더라도 서로가 없이는 살 수 없는 그런 사랑을 원했다. 나는 아무렇지 않게 원래의 일상으로 돌아갔다. 그가 내 일상에 침투해 바꿔둔 것이 적어, 그것을 정리하는 데에도 그리 많은 시간이 걸리지 않았다. 훌훌 털어내고 나니 새해였다. 이토록 깨끗한 이별이라니.

기대하지 않던 일이 일어났다. 몇 달 뒤 그에게서 연락이 온 것이다. 직선적인 문장들이었다. 나와 많은 것을 함께해보지 못해서 아쉽다고, 후회 없이 잘해주고 싶다고 했다. 우리는 수차례 다시 만났다. 그 사람을 충분히 겪지 못해 아쉬움이 남았었다. 외로웠든, 아쉬웠든 나는 그를 잊지 못했던 것이 분명했다. 모든 장점과 매력을 각설하고, 그 사람은 오직 그 사람 하나뿐이라서, 내가 바랐던 눈빛과 몸짓은 오직 그 사람만 가지고 있는 것들이어서, 그것을 좀 더 경험해보고 싶었다고 말하는 게 정확할 것이다.

그제야 제대로 연애를 하는 기분이었다. 매달리고, 거절하고,

보고 싶다 말하고, 조건을 걸고, 익숙해지고, 어디냐고 묻고, 간을 보고, 속이고, 오해하고, 다투고, 당황하고, 의도를 파악하려들고, 안도하고…. 우리는 각자 나름대로 애를 썼다. 그러나 그것은 아쉬움이나 후회의 연장선일 뿐이었다. 더는 사랑은 아니었다.

결국 우리는 또 다른 헤어짐을 마주했지만 '그제야' 진짜 이별을 하는 것 같았다. 깨끗한 이별 따위는 더는 없었다. 헤어짐의 이유를 추궁하며 질척거리는 기분이 끝내주게 좋았다. 속이 터지고 열불이 나는 것도 경험을 해보았으니 나름대로 이 사람을 충분히 겪었다는 생각이 들었다. 환상처럼 남아있던 그와의 첫 바닷가에서의 추억이 이제는 조금 현실적으로 다가왔다.

첫 만남으로부터 어느덧 한 해가 지났다. 한 해 동안 우리는 숱하게 연락을 주고받았고 정확히 다음 해 여름이 지나자 서로에게서 완벽히 멀어졌다. 끝이라고 봐도 무방할 것이다. 그는 내게 해 질 녘의 색으로 남아있다. 매우 짧은 찰나지만 좋아하는 색깔임에 틀림이 없는. 언제까지나 아리송하게 기억될 색깔. 나는 그 가을 바다를 언제나 기분 좋게 떠올릴 수 있을 것이다. '산울림'의 노래가사처럼, 가버린 날들이지만 잊히진 않을 것이다.

영원한

여자친구

지금은 문을 닫은 광화문의 한 식당에서 친구와 수다를 떨다가 이런 말이 나왔다.

"한 치 앞도 알 수 없어서 현재로서는 출산은 물론이고 결혼마저 아득하게 느껴져."

그 말을 듣고 나는 곧이어 자랑하듯 한 여자를 언급했다. 내 주변의 50대 중 유일하게 엄마가 아닌 그는 25년 전 우리 삼촌과 결혼했다. 친구는 내 주변에 그런 사례가 있다는 사실을 부러워했다. 그도 그럴 것이 우리는 우리의 엄마들을 사랑하지만 그들과는 다른 삶을 원했다. 그 시대, 그들은 자신의 젊음 일부나 전부를 자식에게 희생해야 했고, 우리는 그 사실을 잘 알기에 그런 젊음을 두려워해왔기 때문이다. 다행스럽게도 나는 자라는 내내 이상향이 될 만한 여자를 곁에서 지켜볼 수 있는 행운을 누렸다. 그는 자신의 윤곽이 뚜렷한, 도회적인 커리어우먼이었다.

유년 시절, 내 옷장은 그가 준 선물들로 가득 차곤 했다. 주로 해외에서 사 온 물건들이었다. 그는 대학을 졸업하고 쭉 패션업계에 종사하고 있었기에 해외 출장이 잦았다. 해외여행이 흔한 일이 아닐 때부터 종종 출장으로 가족모임에 참여하지 못했지만, 참석할 때는 자주 이런저런 선물을 들고 찾아오곤 했다. 도쿄에서는 손목시계를, 유럽에서는 베네통 점퍼와 지갑을 사다 주었다. 친척들 중 가장 많은 용돈을 주던 것도 그였다. 그는 항상 빳빳한 새 5만 원짜리 지폐를 내 손에 꼭 쥐어주며 코를 찡긋거렸다. 나는 그 돈으로 평소 갖고 싶었던 운동화나 가방을 살 수 있었다.

옷 입는 데 별 관심이 없었던 어린 날의 나조차도 그가 멋지다는 것은 한눈에 알아볼 수 있었다. 그는 내 생애 최초의 멋쟁이였다. 심지어 부침개를 부칠 때마저도 멋을 유지했다. 동대

문에서 대량으로 구매했다는 양말과 그의 어머니가 직접 재봉해 만들어주셨다는 옷가지, 할머니댁에서 모일 때 편한 옷차림마저도 예사롭지 않았다. 대놓고 자랑하는 멋이 아니라 숨겨도 삐져나오는 종류의 멋이었다. 유행하기 훨씬 전부터 눈 달린 하트가 박힌 카디건에 호박처럼 품이 넉넉하고 발목으로 갈수록 폭이 좁아지는 바지를 주로 입었다. 그것은 꼼데가르송의 카디건이었고, 10년 전에 유행했던 배기팬츠였다. 그런 사실을 알기까지는 시간이 조금 걸렸다.

밖에서 보는 그의 모습은 새삼 달랐다. 함께 있는 사람까지 기세등등하게 만들어줄 만큼 화려했다. 주중에는 회사에서 간부로 일하고, 일주일에 한두 번 대학교로 강의를 나가는 프로다운 면모가 감각적인 옷차림에서 여실히 드러났다. 한눈에 봐도, 이 사람이 어떤 일에 종사하고 있으며 그 분야에서 어느 정도로 중요한 사람인지 알 수 있었다. 샤넬 진주 목걸이에 부드러운 소재로 된 검은색 재킷, 직사각형 클러치, 프라다 구두, 귓가에서 찰랑이는 동양적인 느낌의 귀걸이, 중성적인 느낌의 시계와 은색 팔찌들. 그것들은 유행에 급급한 것이 아니라 수십 년간 쌓아올린 탄탄한 내공이 자아내는 분위기였다.

그의 매력을 배가시키는 건 털털함이었다. 파스타만 먹을 것같은 그는 지극히 한국적인 입맛을 가지고 있었다. 수수한 반찬들에 약했고, 할머니의 김치와 국에 말아서 먹는 밥상을 제일 좋아했다. TV 보는 것을 좋아해 요즘 화제가 되는 연예인을 전부 꾀고 있는 것을 알았을 때는 버릇도 없이 그를 귀엽다고 생각했고, 그가 평소 아이처럼 식사에 곁들이곤 하는 사이다를 미리 슈퍼에서 사두기도 했다. 그가 한 팔찌가 너무 예뻐 출처를 물으면 대수롭지 않다는 듯 싱긋 웃으며 이렇게 말했다.

"응. 별거 아냐. 이탈리아 출장 때 성당에서 산 묵주야."

작은엄마와 삼촌은 내가 아는 가장 특별한 커플이었다. 내 주위에 결혼하고 싶다는 생각이 들게 만드는 커플은 솔직히 이들이 유일했다. 두 사람은 언제까지나 젊은 연인이었다. 작은엄마는 삼촌의 여자친구, 삼촌은 작은엄마의 남자친구처럼 보였다. 두 사람은 틈이 나면 도쿄 여행을 떠나고, 결혼한 지 30년이 지난 지금도 여전히 주말마다 소소한 데이트를 즐긴다. 나는 가끔 그들 사이에 끼어 주말을 보냈다. 티격태격하는 모습에서 그들이 얼마나 섬세히 연결되어 있는지 엿보았다. 나는 잠시 그들의 아이가 된 듯 자동차 뒷좌석에 앉아 선릉로의 가로수들 사이로 얼굴을 반쯤 내밀었다.

우리는 추위가 으스러진 가로수길의 한 야외 식당에서 버거 세트를 먹고 커피를 마셨다. 어떤 날에는 잠시 립스틱을 사러 백화점 1층에 따라가기도 했다. 아무것도 아닐 수 있는 시간 속에서 나는 나이가 들어서도 젊은 부부로 사는 게 어떤 건지,

그들의 주말이 얼마나 정적이면서 유쾌한지에 대해 간접적으로 체험할 수 있었다. 일종의 기분 좋은 허영심마저 몰려왔다. 그것은 내가 꿈꾸는 이상적인 연인의 모습이었다.

그들의 집은 작은엄마 그 자체를 공간으로 부풀려놓은 듯 보였다. 군더더기 없이 말끔했고, 작위적인 느낌이 없었다. 잡지에 나올 법한 화려함보다 정말 멋진 사람이 굳이 뽐내지 않고 살아가는 여유가 보여 마음이 편안해졌다. 티내지 않은 멋을 쟁여두는 삶. 자신만 아는 모습까지 정돈된 삶. 그래서 외적인 꾸밈이 치장이 아니라 아름다움으로 증명되는 삶이 곳곳에 스며들어 있었다.

외국에나 있음직한 건식 화장실은 머물고 싶은 공간이었다. 피렌체의 호텔 리셉션에서 풍겨 나올 법한 향이 났다. 복슬복슬한 발 매트, 둥근 모양의 세면대, 물이 흘러나오는 수도꼭지. 전부 그가 선택해서 교체한 것이었으며 수건은 호텔의 것처럼 도톰했다. 둘이 쓰기엔 너무 넓은 소파와 기하학적인 형태의 커피 테이블, 맑은 베이지 톤의 카펫과 담뿍 꽂힌 둥근 수국들이 그의 취향을 잘 말해주고 있었다. 향초들은 유리로 된 탁자 위에 조화롭게 놓여 있었으며, 그는 분주하게 이탈리아제의 근사한 커피 잔에 커피와 디저트를 내왔다. 커피 냄새와 향초의 잔향이 머무는 영원히 젊은 커플의 은신처. 그들만의 세계에 견고히 쌓인 시간들. 가구도 벽지도 인테리어도 10년 전 그대로였다. 그는 '미니멀'이라는 말이 유행하기 전부터 미니멀한 삶을 실천해왔다. 그의 취향은 급하지 않았다. 오랜 시간 쌓아온 그만의 스타일은 궁금증을 유발하기에 충분했다. 그 집을 방문했다 나올 때면 향긋한 그 집의 냄새가 외투에 배어 있었다.

　내가 우러러보았던 그는 여전히 어여쁘다. 웬일인지 그와는 데이트라는 단어가 더 어울린다. 아직 그에 대해 알고 싶은 게 많다. 곧 압구정동의 한적한 카페에서 그와의 약속을 잡아야겠다. 아마 그가 선물로 준 빈티지 가죽 재킷을 얼마나 많은 사람들이 탐냈었는지 내가 말하기도 전에 또래 같은 그와의 수다로 커피는 금방 동날 것이다. 그러면 나는 두 번째 잔을 시켜놓은 채 물을 것이다. 이 나이 때 꼭 해야 하는 일은 뭐라고 생각하는지, 없어서는 안 될 소지품은 무엇인지, 괜찮은 인연을 만들려면 어떻게 해야 하는지. 그리고 지금 입고 있는 니트는 어디 건지….

일상적

영웅

어느 날 친구와 길을 걷다가 잠시 놀이터 벤치에 앉게 됐다. 우리는 나란히 앉아 저 멀리 모래사장에서 놀고 있는 아이들을 바라보았다. 아홉 살쯤 되어 보이는 아이들 무리는 연신 꺄르르 웃음을 터뜨렸다. 그 나이답게 발랄하고 천진한 모습을 보고 있자니 내면에 평화가 일었다. 그런데 그런 감상이 무색해지게 갑자기 실랑이가 벌어졌다. 덩치 있는 한 남자아이와 파란색 후드티를 입은 여자아이 사이에서 싸움이 난 것이다. 남자아이의 발길질이 점점 거세지더니 급기야 남자아이의 운동화 한쪽이 여자아이의 등을 강타했다. 여자아이는 씩씩거리며 실내화 가방을 무기로 반격했지만 대항하는 힘이 남자아이의 것과 같을 리 없었다.

여자아이 무리는 그저 깔깔거리며 주위를 맴돌 뿐이었다. 모두가 속으로는 두려워하고 있는 눈치였다. 남자아이는 멈추지 않고 매서운 눈빛으로 여자아이 뒤를 쫓았다. 여자아이는 의기양양한 표정을 지었지만, 나는 그 애가 사실 겁에 질렸다는 것을 알 수 있었다. 나도 비슷한 경험이 있었기 때문이다. 그 시절 나는 남자애들이랑 시비가 붙어 끝까지 덤비다가 무릎에 피가 날 정도로 맞은 기억이 있다. 아무렇지 않은 척 끝까지 울지 않았지만 상당히 굴욕적이었다. 강단은 있을지 몰라도 나는 상대에 비해 상대적으로 너무 연약했다. 나는 그 시절의 나에게, 혹은 그 애에게 닿도록 크게 소리쳤다.

"야! 그만해!"

그 한마디였다. 그래도 내가 어른처럼 보이긴 했는지 다부진 체격의 남자아이는 "네" 하며 언짢다는 듯 자기 무리로 돌아갔다. (쫄지 않았다고 하면 거짓말이다) 여자아이들의 눈빛이 내게 몰렸다. 등을 맞은 아이는 머리를 숙여 내게 꾸벅 인사했다. 순간 가슴이 뻐근해지면서 좋은 사람이 된 것만 같은 기분이 들었다. 늘 상상했던 순간에서나 존재했던 영웅이라는 웅장한 말이 그 순간 내 것이 되었다.

'영웅'에 대해 가만히 생각해보니, 나에게도 그 한마디 같은, 소소한 영웅이 있었다. 책을 준비하는 시즌이 오면 몇 달 동안 나는 친구도 만나지 않고 식사도 거르기 일쑤다. 그런 와중에 절대 빼먹지 않는 것이 편의점으로의 산책이다. 거의 매일 동일한 시각에 방문하는 집 앞 편의점에는 매번 똑같은 알바생이 나를 맞는다. 그는 30대 초반쯤 되어 보이는 남자인데, 특유의 나긋나긋한 목소리로 계산을 해준다. 그의 말투 꽁무니엔 물결 표시가 붙은 것만 같은, 마치 디너쇼의 진행자 같은 말투다. 그만큼 나의 추레한 모습을 꾸준히 본 남자는 없다. 나는 항상 감지 않은 머리를 대충 올려 묶고, 잠옷 바지 차림으로 들러 양쪽 주머니에 맥주를 구겨 넣다가 떨어뜨리는 꼴을 보인다.

그러던 어느 날 편의점에 다른 알바생이 나를 맞았다. 괜스레 서운한 마음이 들어 온갖 상상을 했다. '그에게 무슨 일이 생긴 걸까?' '회사에 취직을 한 걸까?' 이런 나의 의심은 다음 날 기분 좋게 배신당했다. 며칠이 지나자 다시 그가 돌아와 있었다. 나도 모르게 안도의 미소가 번졌다.

앞으로 나는 그와 통성명을 할 일도, 서로 직업을 알려주거나 사랑에 빠질 계획도 없다. 그러나 그는 내가 매일 만나는 타인이다. 나의 말 없는 친구다. 작업 중에는 새로운 노래도 영화도 집중해서 볼 수가 없다. 그런데 하물며 새로운 사람을 마주하는 일이라니. 나는 매번 같은 자리에서 한결같이 나에게 친절한 그에게 안주했다. 그의 얼굴을 보는 것은 오늘도 새벽까지 일했다는 증거였다. 나는 그 짧은 산책으로 지친 기운을 회복했다. 게다가 아무리 몰두하는 시간을 보낸다고 해도 아침에 자고 저녁에 일어나는 생활은 무언가 어긋나 보여서, 나를 안심시킬 새벽의 동료가 필요했다. 매일 속으로 그에게 이렇게 말했다. '그쪽이 매일 새벽에 나와 일을 하듯 나도 남들이 잘 때 일을 해요. 아침에 일어나는 사람들만큼이나 우린 나름 열심히 살고 있는 거예요. 그렇죠?'

영웅이 뭐 별 건가. 시간의 배경이 되어주는 게 나한테는 영웅이었다. 모두가 잠든 새벽의 영웅이자 동료. 나는 매일 밤 그가 필요했다. 강철 옷을 입고 기차를 멈추고 세상을 구하는 것만이 영웅은 아니다. 불쑥 등장해 악당을 무찌르는 영웅도 있지만 언제나 그 자리에 있는 일상적 영웅도 있는 법이다. 나는 그에게 진심으로 고마웠다. 덕분에 매일 밤 네 캔에 만 원 하는 맥주를 사 들고 다시 방으로 돌아와 열심히 일했다. 그러다 문득 생각하곤 했다. 새 책이 완성되면 그에게 한 권쯤 선물할지도 모르겠다고.

생일

아닌 날

멍석을 깔아주면 필요 이상으로 쑥스러워진다. 생일은 행복하면서도 불편한 날이다. 축하의 멍석 위에서 나는 그날이 빨리 지나가기만을 바란다. 그렇다고 남들이 생각하는 것처럼 축하를 많이 받는 편도 아니다. 아주 가까운 친구들 몇 명만 내 생일을 기억한다. 알림이 울리지 않아도 날짜를 기억하고 있는 몇몇에게 축하받는 게 내 생일의 전부다. 그럼에도 생일에는 여전히 더 많은 사람들에게 축하를 받아야 한다고 강요받는 것 같아 기분이 상쾌하지 않다. 그럴 때면 나는 형광펜으로 칠해져 있는 날에서 아무 표시도 없는 날로 복귀하고 싶었다. 내 기분을 살피는 이가 없는, 특별하지 않아도 되는 날로.

드디어 생일이 지나고 새로운 날이 왔다. 미역국과 축하 문자가 없는 아침이었다. 왠지 홀가분한 기분이 들었다. 가벼운 마음으로 산책에 나섰다. 폴폴 걷다, 우연히 한 찻집을 발견했다. 인상 좋은 주인이 나를 반겼고 나는 그의 맞은편에 앉아 이름이 어려운 중국 차 하나를 시켰다. 아담한 가게에 손님은 나 하나뿐이었다.

"어색해하지 말고 편안히 있다 가세요."

그는 이 한마디를 하고는 더 이상 내게 아무 말도 건네지 않았다. 그 덕분에 나는 차에만 집중하며 휴식할 수 있었다. 찻잔을 잡은 그의 손 마디마디의 섬세함과 조심스럽고 부드럽게 잔을 기울이는 행위를 지켜보는 것은 눈을 감지 않고 하는 명상이었다. 발소리도 주의하게 되는 성당에 들어온 기분으로 졸졸 아름다운 소리를 들었다. 그는 액체가 흘러 내려갈 수 있게 구멍이 나 있는 나무 받침대에 용기들을 두고 뜨거운 물을 부어 잔을 달궜다. 가장 인상적이었던 건 언제나 물을 넘치게 붓는다는 거였다. 세례를 하듯 찻잔을 끝까지 물로 적셔 모든 부분을 꼼꼼하게 데웠다. 아슬아슬하지만 이완을 부르는 광경이었다. 차도, 어떤 하루들도 머리끝까지 잠겨야만 비로소 완성될 수 있다고 말하고 있었다. 어느새 마음은 울타리를 넘어 낯선 이에게 가까이 다가간다. "사실 저 어제 생일이었어요." 하고 쓸데없는 고백을 해버릴 만큼. 주인 아저씨는 찻값을 받지 않았다.

내가 기대하는 날이라고 한다면 오히려 오늘 같은 날이다. 두 번 우린 차 같은. 연해서 탈이 날 리 없는 고요한 편안함이 있는 그런 날. 때마침 친구에게서 연락이 왔다.

"생일을 참 조용히 보내는 너. 오히려 생일 아닌 날들에 더 왁자지껄 행복한 너를 생각하며."

밖을 나서니 특별한 날이 아닌 보통의 날들이 끝없이 펼쳐져 있었다. 하얀색 도화지처럼 평범해서 눈부신 날들. 이유 없이도 축하해야 할 날들이.

비비안

웨스트우드

런던 여행 중 우연히 어느 숍을 발견했다. 지금 생각해보니 영화 〈킹스맨〉에 나오는 테일러 숍과 비슷하게 생겼던 것 같다. 원목으로 된 벽들과 반 층 높게 있어 올려다보아야 하는 입구, 높은 천장이 그랬다. 한 명뿐인 직원은 우리가 흔히 상상하는 디자이너의 모습처럼 목에 줄자를 걸치고 모퉁이에 전시된 드레스를 매만지고 있었다. 인간의 모든 곡선을 과장한 듯한 그 드레스는 기가 막히도록 우아하고 풍성해서, 마네킹이 마치 살아 있지만 멈춰 있는 것처럼 보였다. 내부 분위기는 길거리의 시간과 장소를 잊게 할 정도로 환상적인 분위기를 자아내고 있었다. 문밖으로 나오니 꿈에서 깬 기분이 들었다. 그곳은 '비비안 웨스트우드'의 의류를 판매하는 가게였다.

나의 첫 번째 비비안 웨스트우드는 하얀색 셔츠였다. 서촌의 빈티지 숍에서 그것을 발견했다. 실크 같은 감촉과 맑은 백조 같은 색감에 먼저 눈길이 갔다. 하지만 그 옷을 소유하고 싶게 만드는 건 다른 부분이었다. 팔꿈치까지 오는 반팔 셔츠가 특별하면 얼마나 특별할까 싶겠지만 옷을 감싸는 모든 요소가 범상치 않았다. 수많은 사선이 보였다. 언뜻 꼬이고 구겨진 듯 과장된 소매와 기성품과는 다른 이음새들. 어깨에는 검은색 견장이 달려 있었고 로고는 왼쪽 끄트머리에 겨자색 실로 박음질되어 있었다. 툭 바닥에 던져놓아도 형태가 살아있을 것같이 입체적인 그 옷은 로고 없이 디자인만 보고도 누가 만든 옷인지 알기에 충분했다. 그 옷은 온몸으로 '그'라고 외치고 있었다.

비비안 웨스트우드. 행성 모양의 로고와 자유분방한 펑크 스타일로 패션계에 이름을 새긴 그는 1941년 영국에서 태어났다. 열한 살 때부터 옷을 만들기 시작한 뒤 예술 학교를 거쳐 우리가 알고 있는 디자이너의 길을 걷기 시작한다. 당시 연인이었던 맬컴 맥라렌과 함께 멋쟁이들에게 오래된 로큰롤 음반을 팔다가 인기 없는 한 가게의 구석을 빌려 리폼한 옷을 팔기 시작한다. 킹스로드 430번지, 'let it rock'에서. 그 당시 그가 어머니에게 빌린 돈은 고작 백 파운드였다. 많은 역사가 그렇게 엉겁결에 시작된다.

1970년대 런던. 그는 록커들에게 펑크를 입히기 시작했다. 전설적인 펑크 밴드 '섹스 피스톨즈'의 스타일리스트를 맡은 뒤부터였다. 기성세대의 보수성, 관습, 획일성, 편견, 규칙을 무시하는 옷을 만들었다. 도발적인 문구와 파격적인 나체사진, 금기시되던 문양 등을 담은 그의 옷은 언뜻 보면 망가진 옷으로 보였다. 인조 가죽과 고무, 강렬한 색의 패브릭이 반항의 누더기처럼 겹쳐졌다. 기존의 미적 질서를 탈피한 그의 브랜드는 옷차림을 통해서도 반항하고 싶었던 런던 젊은이들 사이에서 환호를 받았다.

그는 획일화된 디자인과 대량 생산의 시스템에서 벗어났고, 전통을 새롭게 해석했다. 그 결과 영국 귀족의 상징이었던 체크무늬는 펑크의 상징으로 바뀌었다. 아이러니하게도 왕과 귀족을 비꼬는 옷을 만들던 그는 시간이 흘러 패션계에 미친 공로를 인정받아 대영제국 훈장을 받게 된다. 이보다 더 멋진 한 방이 있을까? 그는 그 시절을 회상하며 한 다큐멘터리에서 이런 말을 했다.

"언제나 스스로 나서서 행동에 옮길 준비를 하고, 무언가에 매진하는 기죠."

그는 다른 영웅을 기다리지 않고 스스로 영웅이 되었다. 전통을 깨고 스스로 새로운 전통이 되었다. 그가 보여준 '패션'이란 주류 사회와 사회적 통념을 공격하고, 미래에 대한 대안을 적극적으로 제안하는 문화이자 역사였다. 그의 옷은 예쁜 데다 늘 유일하기까지 했다. 그를 보면 반항적이면서도 사랑스러울 수 있다는 걸 느낄 수 있다. 희망과 자유의 냄새가 그의 옷 여기저기에 배어 있다.

나는 그의 옷이 내 옷장에 필요하다고 느꼈다. 그 예쁨에는 명분이 있기 때문이다. 셔츠와 스커트, 코트를 만들고 그 위에 마지막으로 장식하는 건 그의 철학이었다. 한눈에 그만의 것이라고 알아볼 수 있는. 상냥하게 과격하고, 기분 좋게 무례하다. 나른하고, 용감하고, 언제나 천진한 패션. 하지만 행동하고 무찌르는 패션이다. 패션 그 이상의 패션.

그는 올해로 여든이다. 젊은 시절에는 한 세대를 대표하는 문화를 만들었고, 이제는 사회 운동가로 활동 중이다. 컬렉션 활동도 하며 전쟁에 반대하고 가스 문제, 기후 변화에 관한 관심 촉진 등 각종 사회 운동을 펼치고 있다. 그다운 행보다. 통굽을 신고, 키치한 선글라스를 쓰고 와인색 아이라인을 그린 그가 환경문제를 호소하는 동영상을 자주 찾아본다. 겉모습과 내면의 생각이 일치한 인물을 보는 일은 거의 드물기 때문에 묘한 쾌감이 든다.

록과 펑크의 이미지를 창조했던 그는 이제 자신이 가진 영향력으로 나무와 공기의 앞날을 적극적으로 걱정하고 있다. 그는 자신이 만든 수트를 가장 잘 어울리게 빼입고 센 영국 악센트로 말한다. 하지만 그의 목소리는 오래 우려낸 차처럼 차분하고 단단하다. 여든에도 여전히 열정적인 그를 보고 있으면 나도 무엇이든 할 수 있다는 막연한 확신이 든다. 그 자체로 혁신이었던 사람과 동시대에 숨 쉬고 있다는 사실보다 용기를 주는 일은 없다. 할머니가 된 지금까지도 그의 옷과 생각은 당혹스러울 정도로 젊다. 그는 계속 일한다. 그를 대신할 사람은 자신밖에 없기에. '펑크'에는 마치 삶처럼, 은퇴의 개념이 없다.

우리는

어린

조르바였다

나는 춤을 추다가 마는 사람이었다. 끓어오르는 감정을 눈치껏 금방 식히는 사람. 느낀다는 것은 바쁜 세상에서 사치다. 전율하는 일은 무모하고 유치하다. 느낌은 경험의 중요성에 밀려 아주 깊숙한 곳에 묻히고 만다. 표현하기 전에 나는 머리부터 굴린다. 기쁨에 혹은 슬픔에 무장 해제당한 내 모습을 누군가에게 보이면 약점이 잡히지는 않을까 염려했다. 그러다 보니 감동과 환희의 기준이 낮아졌다. 감탄보다 비판이 익숙해진 우리는 차갑고 똑똑해져만 갔다. 어떤 것도 느끼지 못한 채. 그래서 삶이 늘어놓은 가치들은 축하받지 못하고 색이 바랬다. 검열을 한 번 거친 감정은 칭찬받을 만큼 멀끔했지만 천연의 색은 잃었다.

　이런 나와는 달리 잘 느끼는 어른이 한 명 있다. 그는 끝까지 춤을 추고 두려움이 없는, 그저 잘 느끼는 사람이다. 바로 소설《그리스인 조르바》의 주인공 조르바다. 느낌표가 인간이 된다면 조르바일 것이다. 그는 야성미 넘치는 예순다섯의 노동자다. 세상의 관점에서 보면 그는 늙었고, 가진 재산도 없으며, 떠돌아다니는 신세다. 그럼에도 그가 전설적인 존재로 빛나는 이유는 그가 인간의 본질적인 욕망에 가까운, 몹시 솔직하게 삶을 쟁취하는 사람이기 때문이다. 나는 조르바만큼 모든 것을 보고 모든 것을 느끼는 사람을 본 적이 없다. 그는 눈에 닿는 모든 것을 음미했다. 생각을 거추장스러워했으며, 이유 없이 춤을 추고 걸걸하게 웃고 자주 놀랐다. 그에게는 순수함으로 무장한 지극히 인간적인 면모가 있었다.

　매 순간을 모조리 느껴 빨아들이는 그에게 세상은 무늬도 던져주고 색깔도 선물했다. 그의 삶은 거칠었지만, 그는 세상에서 하는 경험들을 제대로 씹고 삼키고 소화할 줄 알았다. 조르바는 매일같이 모든 것을 처음 보는 듯 대했다. 얼떨떨하고 순수한 처음의 순간이 그에게는 하루도 빠짐없이 찾아왔다. 내게도 모든 것이 처음이었던 때를 상기해본다. 어린아이는 감탄을

활용해 나 이외의 모든 것을 나와 상관있는 것으로 만든다. 매사에 물음표를 던진다. 아이에게는 하품도 투정도 웃음도 모두 극적인 자기표현이다. 그들은 쉽게 흥분하고 장소에 구애받지 않고 몸을 흔들며 그 순간이 마지막인 듯 군다.

"무지무지 아름다운 초록빛 돌을 발견했음. 빨리 올 것. 조르바."

조르바가 보낸 전보는 그가 왜 아이 같은 어른인지 잘 보여준다. 이 문장 앞에 엄마라는 단어를 넣어보아도 꽤 자연스럽다. 아이가 했을 법한 말이기 때문이다. 그것은 한때 우리의 문장이기도 했다. 매 순간은 새것이라서 아이들은 사랑스럽게 재촉한다. 그들은 잘 느끼는 법을 알고 있다. 새로운 발견을 쌓아가며 아이들은 자란다. 자란다는 것은 아이였을 때 가졌던 물음표를 느낌표로 바꾸는 과정일지도 모른다. 그런 의미에서 조르바는 잘 자란 느낌표였다. 나는 덜 느끼고 내가 덜 존재하는 것 같을 때 조르바를 찾는다. 최대한의 인간인 그와 만나면 덩달아 목소리와 동공이 커진다. 주어진 삶을 향해 직진할 수 있다. 책을 덮고 거리에 나가면 모든 게 처음인 듯 반짝인다. 별것 아닌 일에 울거나 웃어버린다. 생각하기 이전에 느끼며, 나는 다시 아이가 된다.

위스키

위스키란 특별한 어른들의 전유물이라고 생각했다. 문학 교수 내지 미국 서부의 청부 살인업자, 중후한 신문 편집자가 자신의 밀실에 두고 틈틈이 마시는 술이라고 여겼다. 그들의 한숨에는 나와는 다른 심각하고 무거운 상념이 담겨 있을 게 분명했다. 점잖은 어른들만의 술. 퇴폐적이면서도 지적인 느낌. 영화 속 혹은 소설 속 주인공들은 하나같이 이런 사실을 알고 있는 듯했다. 그들은 중요한 순간에 꼭 위스키를 마시곤 했다. 위스키가 등장하면 그들의 행동에 괜스레 무게감이 실렸다.

위스키는 현실 세계에서도 어떤 이들을 돋보이게 만들었다. 내가 아는 비범한 사람 중 하나도 위스키를 좋아했다는 게 그 증거였다. 그는 음악을 만들고 직접 가사도 쓰는 사람이었다. 그는 내 친구의 남자친구였고, 나는 그들이 사는 집에 가끔씩 찾아가곤 했다. 그의 손에 들린 원기둥 모양의 유리컵 속에서는 소량의 술이 찰랑거리고 있었다. 그것은 맥주도 와인도 아닌 위스키였다.

그가 만드는 음악과 위스키는 어쩐지 잘 어울렸다. 그가 쓴 가사는 하나같이 일상적인 것이었는데도 불구하고 판타지같이 살랑거렸다. 위스키처럼 그의 음악은 주변 공기를 특별한 것으로 바꾸는 묘기를 부렸다. 그가 위스키를 즐기는 건 노래를 완성시키는 하나의 과정처럼 보였다. 그래서 그의 손에 들려 있던 잔마저 어떤 필수적인 음악적 장치로 내 머릿속에 각인되곤 했다. 하던 작업을 중단하고 친구와 나의 대화에 합류하곤 했던 그의 모습을 보며 시대를 뛰어넘는 예술가와 위스키의 연관성에 대해 생각했다. 피츠제럴드와 포크너가 즐겼던 위스키의 그 대단한 매력에 대해서 고민했다.

어느 날, 그 집에서 저녁 식사를 하고 나서 다 먹은 접시들과 잔을 치우고 있었다. 그때 내가 한 모금 남아있는 위스키 잔을 싱크대에 가져가려는데 그가 깜짝 놀라 잔을 가로채며 장난스러운 말투로 이렇게 말했다.

"야, 안 돼! 이게 제일 중요한 마지막 한 모금인걸."

그때 알았다. 위스키는 기승전결이 있는 술이었다. 모든 모금이 제각기 다른 이야기를 맡고 있었다. 벌컥벌컥 마시는 맥주와는 다른 종류의 술이었다. 한 모금씩 심혈을 기울여야 하는, 그래서 그 틈새로 어떤 드라마가 펼쳐지기도 하는 그런 술. 어쩌면 그는 그 마지막 한 모금을 향해 시간을 조절했는지도 모른다. 그는 잔 귀퉁이에 고여 있던 마지막 한 모금을 기분 좋게 비웠다. 시간이 지나고 그가 유럽에 머물다 잠시 귀국했을 때 연락을 했다. 아직도 위스키를 좋아하는지, 언제부터 좋아했는지 궁금했다. 그는 이런 답변을 보내왔다.

"어렸을 때 아빠 방 한편에 빈티지 위스키 같은 게 엄청 많았어. 아마 해외여행 가서 사 왔던 것 같아. 제조 방법이나 맛보다도 그런 추억 때문에 좋은 것 같아. 누군가가 멋있어 보였던 이미지가 겹치는 경험인 것 같아."

내게는 그런 기억이 오빠였다는 말은 삼켰다. 조만간 한잔하러 가자고 이야기하며 대화를 마무리했다. 얼마 지나지 않아 봄이 왔다. 친구 둘을 만나 1차로 소주를 마시고 카페로 향하고 있었다. 그러다 갑자기 한 친구가 방향을 틀어 이쯤에 끝내주는 바가 있다며 우리를 안내했다. 완연한 봄바람에 조금 더

취하고 싶었던 건 사실이었다. 친구의 말대로 바는 완벽했다. 지나치게 깨끗하지 않아서 호감이 갔다. 벽에는 사진과 영화 포스터, 날짜가 지난 공연 정보지들이 부산스럽게 붙어 있었다. 붉은 조명 하나, 노란 조명 하나. 원목으로 된 테이블 몇 개. 좁아서 어깨가 닿을 수밖에 없는 친밀한 구조였다. 주문을 확인할 때 말고는 수줍은 듯 침묵을 지키는 주인장까지 그곳 특유의 분위기를 외치고 있었다. 우리는 세로로 긴 메뉴판에 적힌 단정한 손글씨를 한참 동안 들여다보았다. 메뉴판에는 온갖 종류의 술이 나열되어 있어 나를 유혹했지만, 그 가게에서만큼은 위스키가 어울릴 것 같았다. 나는 온더록스로 위스키 한 잔을 주문했다.

가게 한편에는 하루키의 책이 쌓여 있었다. 마치 가장 적절한 무대 소품처럼. 마침 하루키의 《상실의 시대》를 스무 살 이후로 다시 읽고 있던 참이었다. 남자 주인공은 가장 친한 친구를 잃고 그 친구의 여자친구였던 소녀와 새로 나타난 생동감 넘치는 여자애 사이에서 청춘을 고심한다.

주인공이 가장 좋아했던 두 가지를 떠올렸다. 그것은 책과 위스키였다. 그는 가끔 위스키를 마시고 하루를 마무리하곤 했다. 끝을 모르는 방황 속에서 위스키는 생활의 평범성을 유지하는, 하나의 정상적이고 평범한 사물이었다. 또 그가 제일 좋아하는 책은 피츠제럴드의 《위대한 개츠비》였는데 그 소설 속에도 위스키가 등장했다. 그러니까 내가 좋아하는 소설 속 주인공이 좋아하는 술과 그 소설 속 주인공이 좋아하는 소설 속 인물이 좋아하는 술이 같았던 것이다. 내가 소설 속 와타나베가 위스키를 마시는 장면을 눈여겨보았듯, 와타나베 또한 《위대한 개츠비》에서 위스키가 등장하는 장면을 눈여겨보았을 것이다. 이러한 연결고리 속에서 위스키는 점점 특별함을 더해갔다. '역시나 위스키는 특별한 사람들이 마시는 술임에 분명해'라는 생각은 어느덧 확신이 되었다. 그래서인지 위스키를 삼키는 것 외엔 아무런 사건도 없는 그 밋밋한 문장을 반복해서 읽기도 했다.

이런 생각들 앞에 두 번째 술잔이 놓였다. "우리 두 번 만에 비우기다." 내가 말했다. "아냐, 너무 독해, 세 번으로 나눠." 친구는 방어했다. 위스키의 감미로운 향은 새로운 고민들로 가득한 서른 살 우리의 마음을 적셨다. 우리는 소설 속의 주인공도 아니었고, 교수도 청부 살인업자도 아니었지만 우리가 나누는 농담과 고민은 가장 중요한 주제였다. 우리는 조금 남은 위스키를 앞에 두고 꽤 긴 이야기를 나누었다. 남자 이야기, 여자 이야기, 직장 이야기, 여행 이야기 따위의 시답지 않은 일상의 채취들.

나는 친구들 몰래 비어 있는 바 자리를 힐끔거렸다. 미도리와 와타나베가 위스키 한 잔씩을 시키고 데이트를 하고 있을 것 같았다. 내가 그들처럼 특별해질 수 있을지 모르지만 한 가지는 확실했다. 위스키를 마시는 사람이 비범한 것이 아니라 위스키를 마시는 우리의 순간이 비범한 것이라고.

나를 가장 중요한 사람으로 만들어주는 솔직한 한 잔의 술. 비범하지 않아도 좋으니 그저 가끔씩 위스키의 멋에 기대어 살면 그만이다. 아직 마셔보지 않은, 아직 취해보지 않은 나날들이 훨씬 더 많이 남아있으므로.

봄은

길을

짧게 만든다

어떤 계절이 최고인가. 계절을 놓고 나의 생각들은 서로 자주 다툰다. 우위를 가리려 각각의 계절에 있었던 일들을 되짚어 보는 일은 오감을 살아나게 한다. 하지만 그 노력은 기분 좋은 일들을 회상하는 데만 성공할 뿐, 나는 언제나 포기하기에 이른다. 계절들은 하나씩뿐이라서, 또 서로 너무 달라서 우위를 가릴 수 없다. 도리어 서로 다른 계절들이 서로를 돋보이게 한다. 한 계절을 가장 잘 느끼게 하는 것은 다른 계절에 머무르고 있을 때다. 우리는 그 계절에 푹 빠져 있다가도 다른 계절로 가고 싶어 한다. 사랑이든 일이든 시간이 조금 지나고 한 발짝 떨어지게 됐을 때 어떤 의미였는지 알게 되듯이. 부재가 존재감을 드러내는 가장 강력한 방법인 것처럼. 봄이 없는 자리에서 나는 봄을 가장 많이 생각했다.

그런 심리를 이용해 자주 하는 계절 의식이 있다. 반대되는 계절의 옷을 미리 사두는 것이다. 겨울에는 여름옷을, 여름에는 겨울옷을, 가을에는 봄옷을 산다. 지난겨울에는 하얀색 민소매 원피스와 얇은 티셔츠를 사서 옷장 속에 넣어두었다. 그러면 시간은 기대감을 연료로 해서 신나게 흐른다. 그런데 올겨울은 그 기다림조차 느렸다. 겨울이 유난히 길었던 탓에 이런 의심이 머릿속을 채웠다.

'봄이 오긴 올까?'

패딩을 여미며 가짜 햇살에 속아 실망하던 날들이 있었다. 섣불리 얇은 옷차림을 하고 봄을 마중 나갔다가 배신을 당한 적도 있었다. 우리는 알면서도 매번 속는다. 꽃샘추위를 여러 번 경험해야 진정한 봄이 온다는 것을. 새해 첫날부터 새로워져야 한다는 부담감에 열렬히 계획을 세우지만 이행되는 일은 잘 없다. 연초부터 실망하는 일은 너무 가혹해서 우리는 서로의 이른 실패를 쉬쉬한다. 그래서 1월과 2월은 카페나 식당의 임시 개업 기간 같은 거다. 가게의 효율을 살피는 시기. 숨 가쁜 계획들을 재정비하는 시간. 봄이 오면 우리의 새해는 정식 개업한다. 봄이 오면 뭐든 할 만해진다. 이렇듯 봄은 우리가 새해 소망을 포기하고, 기대하는 건 봄밖에 없을 때 비로소 찾아온다.

우리는 3월 달력을 앞에 두고 '드디어'라는 안도의 한숨을 내쉰다. 봄은 언제나 낯설다. 비장하고 화사하다. 갑옷을 내려놓듯 두꺼운 외투들을 욱여넣는다. "4월" 하고 소리를 내니 풋사과를 입에 문 듯 싱그러움이 온몸에 퍼진다. 초록색 전율이다. 햇살이 아까워 저절로 일찍 눈이 떠질 때, 마음이 쿵쾅거리고 미소가 새어 나올 때, 싱그러움을 보폭에 담을 때, 자발적으로 상냥해질 때, 이유도 없이 들뜬 우리의 얼굴은 봄의 단서다.

나는 걸었다. 겨울에는 편의점을 가는 데도 용기가 필요했는데 봄에는 모든 외출이 활기를 띠고 쉬워진다. 누가 시킨 것도 아닌데 어딘가로 가고 싶어진다. 볼일이 없어도 놓치기 싫은 봄이기에 집에 있기보다 바깥에서 시간을 때우고 싶어지는 것이다. 그러면 나는 동네를 잠깐 돌아보기로 한다. 그중에서도 내가 가장 좋아하는 장소는 봄의 우체국이다. 오후 서너 시쯤 걸어서 40분 거리에 있는 그곳으로 간다. 피어나는 계절에는 아무래도 소식을 전하는 것이 잘 어울리기 때문에 사람들이 왠지 더 명랑하게 움직이고 더 북적이는 것처럼 보인다. 종이컵 커피를 들고 앉아 있어야 할 것만 같은, 칠이 벗겨진 의자에 앉아 사람들을 구경한다. 관공서의 이런 실내 가구는 소리 없이 사람들을 지켜보기 위해 만들어진 듯 무던하다. 나는 소음을 훔치는 도둑이 된다. 일을 처리하고 있는 사람들의 행렬을 훔쳐보고, 거기서 나는 백색 소음을 몰래 듣는다. 보통의 광경을 보고 있으면 마음이 편해진다. 가까이 사는 이름 모를 이웃들을 보며 왠지 모를 소속감을 느낀다. 어떤 나쁜 일도 도무지 일어날 것 같지 않은 만만한 날, 그래서 안전한 날. 평화 비슷한 것이 나의 시간에 스며든다. 주소를 적고 부서질 만한 것을 비닐에 싸는 사람들, 한층 가뿐해진 옷차림으로 서 있는 사람들은 웃고 있지는 않지만 기운은 밝다.

나는 그들 틈에 섞여 엽서를 썼다. 준비 안 된 상황에서 갑자기 쪽지에 쓴 편지나 엽서를 길 가다가 보이는 우체통에 넣는 버릇을 꺼냈다. 봉투는 현금으로만 구매가 가능했다. 마침 겨울철 길거리 간식을 사고 남은 동전 몇 개가 지갑 안에서 굴러다니고 있었다. 나는 작은 크기의 현금이 익숙한 어린아이가 되어 값을 지불했다. 동전을 만지는 것 또한 봄과 어울렸다.

더 봄다운 사람들을 보려면 카페로 가야 한다. 나는 산미가 적은 라테 한 잔을 주문해서 자리에 앉았다. 이곳에서는 웃고 있는 사람들을 더 흔하게 마주칠 수 있다. 통유리, 창문 앞 명당자리를 차지한 세 명의 여자들, 반짝이는 유리잔, 음료 안에서 얼음이 부딪치는 소리. 노래는 따스한 것으로 골라 듣는다. 방금 잠에서 깬 듯한 낮고 불투명한 목소리가 봄과 알맞다.

집으로 돌아오는 길은 가장 멀고 비효율적인 편으로 고른다. 많이 걸을수록 좋다. 횡단보도에서 녹색 불을 기다리고 있는 아이들의 옷차림은 이미 초여름이다. 그들은 걷고 그만큼 또 뛴다. '벌써 다른 계절에 가 있는 거겠지' 하고 생각한다. 그들의 땀과 체력은 벌써부터 푸르다. 나무들이 그들처럼 피어날 준비를 하고 있다. 살랑이는 바람이 따뜻한 온기를 품고 이마를 스쳐 지나간다. 햇살과 수차례 교감하고 나면 굽이굽이 돌아온 긴 길이 가장 짧은 길이 되어있다.

그렇다. 봄은 길을 짧게 만든다. 집에 도착하자마자 창문을 열어두었다. 그리하는 것이 최대한 늘린 산책처럼 봄에 대한 예의인 것 같아서였다. 고양이의 수염이, 납작하게 만든 박스를 들고 분리수거 구역으로 몰려드는 주민들이, 이웃들의 베란다가, 틀어놓은 음악이 전부 봄의 신호처럼 여겨진다. 봄볕이 참견하는 장면들은 최소한 세 배씩은 더 예뻤다.

스커트를 꺼내고, 극장 데이트를 잡는다. 누군가에게 늦은 새해 인사를 보낸다. 그렇게 일주일 전까지만 해도 우리의 유일한 계절이었던 겨울을 잊는다. 내 안에 있던 겨울을 밀어내고 나는 봄의 일원이 된다.

조용한

성공

무라카미 하루키의 목소리를 아직 한 번도 들어본 적이 없다. 그가 TV에 출연하거나 인터뷰를 하는 일은 극히 드물다. 그의 리드미컬한 문체가 내 취향이어서도 아니고, 종종 문제가 될 만한 그의 여성관을 감싸고도는 것도 아니지만 나는 오직 그가 자신을 드러내길 꺼리는 사람이라는 점에서 그를 좋아한다. 비밀스러운 그의 삶은 그를 더 비범해 보이게 만든다.

조금 더 시간을 거슬러 올라가면 그보다 훨씬 더 철저하게 자기 자신을 감추며 살았던 시인이 있다. 에밀리 디킨슨이다. 1830년에 미국에서 태어난 그는 평생 1,800여 편의 시를 썼지만 출판하지 않았고 고립에 가까운 생활을 했다. 그는 유명인의 운명을 끔찍하게 여기는 시까지 썼다. 자발적 무명작가였던 그는 남에게 보이는 삶을 거부하고 오직 자연과 자신의 사유에만 심취한 인생을 살았다.

최근 벅차게 읽은 책 한 권이 있다. 저자가 궁금해 인터넷에 검색을 해보았지만 어떤 곳에서도 그의 흔적을 찾을 수 없었다. 21세기 사람이라면 편집된 자아가 이곳저곳에 떠돌기 마련일 텐데 그의 이력은 물론이고 그 흔한 인터뷰 하나도 찾아볼 수 없었다. 그저 그가 참여한 자투리 낭독회 영상만 간신히 발견했을 뿐이다. 그럼에도 그 책은 인기를 끌었다. 글이 스스로를 홍보한 셈이다. 그것만큼 쿨한 홍보 활동은 없을 거라고 생각했다.

내가 읽은 책이 그의 첫 번째 책이었다. 나는 확신했다. 그가 앞으로 두 번째, 세 번째 책을 내더라도 세상으로부터 조금은 더 숨어있으리라는 것을. 어쩌면 그가 제발 이 세상에 나타나지 않기를 바라는지도 모른다. 나는 정체를 알 수 없는 그 작가를 찾는 일에 진전이 없었던 터라 그저 궁금해하는 것으로 만족했다. 그의 쿨한 배짱은 이 시대에서는 좀처럼 보기 힘든 태도였다.

여러 직종에서 성공하는 사람들을 보며 들었던 생각은 성공은 꼭 요란해야만 하는가 하는 것이었다. 남에게 보이는 게 점점 더 중요해지는 시대에서 화려함은 성공과 가까워 보였다. 더 많이 말하고 더 많이 드러내는 삶, 끊임없이 어필해야 하는 삶이 성공의 척도라면 나는 성공을 포기하고 싶었다. 물론 그러한 삶을 동경하며 나 자신을 내보이려 노력했던 적도 있었다. 그런 시절이 지나고, 그런 시절을 부끄러워하던 시절도 지나, 이제는 양가감정을 가진 채 살아가게 되었다. '나라는 사람은 어떻게 생각해도 좋으니, 내 글만 좀 읽어주세요.'

다행히 내게는 조용한 성공의 롤 모델이 있다. 하루키와 디킨슨이다. 그들은 조용히 성공했다. 그들은 되도록 스스로를 숨긴 채 작품으로만 말한다. 혼자만의 시간을 끈질기게 쌓지 않으면 결코 좋은 글을 쓸 수 없다는 사실을 제일 잘 알았을 그들이다. 소란 없는 그들의 삶에는 치열한 고독과 흡족한 침묵이 있다. 그저 쓰고 존재한다. 부연 설명이 없는 그들의 자신감은 백지수표 같다. 그 작품들은 설명을 요하지 않는다는 점에서 이미 충분하다. '정말 멋지게 변신하셨네요'라며 나는 매번 감탄한다.

한 가지만은 확실하다. 그러한 삶이 더 행복하다고 장담할수 없으나, 더 충만할 것이라는 사실을. 충만함은 숨겨져 있는 시간이므로. 타인에게 보이기 위해 가꿔진 모습보다 나만 아는 모습이 더 많이 남아있는 사람은 그 자체로 풍요롭다. 아무도 알아주지 않는 시간 속에서 정직하게 아름다운 사람들. 수수한 노력으로 은밀히 집중하는 사람들. 그런 사람들은 조용히 빛난다. 홀로 글을 쓸 때 가장 빛날 그들을 상상하며 나는 고요한 성공을 꿈꿀 용기를 얻는다.

일상에서 더는 재미나 감사를 느끼지 못할 때, 나는 부러 내게 일어나지 않은 끔찍한 일을 떠올려본다. 가령 이런 것들이다.

별로 친하지도 않은 친구에게 돈을 꾸어야 하는 상황,
거지꼴로 전 애인을 마주치는 상황,
계단에서 굴러 앞니가 부러지는 따위의 상황.

혹은 외출 전에 하나 남은 콘택트렌즈를 바닥에 떨어뜨리고,

아끼는 귀걸이를 택시에 두고 내린다거나 마음에 드는 사람한테 엉뚱한 문자 메시지를 잘못 전송하기 등이 있다. 순간 정신이 혼미해지는 최악의 상황들이다. 그런 상상들을 하다 잠시 몸을 부르르 떨고 나면, 갑자기 하루가 달리 보인다. 쨍하게 다행스러운 마음이 드는 것이다. 기쁜 일이 많아서가 아니라 나쁜 일이 없어서. 아무 일도 일어나지 않을 때, 행복은 나와 가장 가까웠다. 내가 가진 불행의 지갑은 얄팍했다. 그 안에는 지폐 한 장 없었으며, 가끔 찌그러진 동전 몇 개만 발견될 뿐이었다. 몹시 행복한 가난이다.

2부

그곳에 두고 온 마음

그들은

예뻤다

여자들이 종종 착각하는 게 있다. 만일 남자친구와 함께 걸어 가는데 당신 커플을 건너편에서 걸어오는 여자가 힐끔거린다 면 그건 남자가 아니라 여자인 당신을 보는 거다. 여자들은, 어 쩌면 남자들보다도 예쁜 여자를 더 사랑한다.

나는 3년 전, 내 머릿속에 그려둔 여자 이상형과 마주쳤다. 파리에서 베를린으로 가는 공항 대기실 안에서 처음 본 그 여 자는, 큰 키에 정강이까지 오는 말간 색감의 트렌치코트를 입 고 분홍색 토트백을 들고서 누군가와 쉴 새 없이 통화하고 있었다. 민낯은 유목민 소녀처럼 볼만 불그스레했고, 앳된 얼굴과는 달리 목소리는 허스키했다. 그 여자를 힐끔거리다 문득 깨달았다. 그 여자는 내가 좋아하는 프랑스 브랜드 '자크뮈스'의 초창기 모델이었다. 이리 보고 저리 보고 재차 확인을 해봐도 그 모델이 틀림없었다. 나는 우천으로 늦어진 비행기가 더 꾸물대기를 바랐다. 그의 옆모습은 그야말로 예술이었다.

그처럼 타고나길 예쁜 여자들이 있다. 내 생애 최초로 반했던 어떤 여자애가 머릿속에 떠올랐다. 중학교 1학년 때 선망했던 옆 반 여자애. 15년 전인데도 이름과 외모를 생생히 기억한다. 남자애들 모두가 한 번씩은 그 애를 좋아했다. 그 애는 모두의 첫사랑이었다. 외모는 수수했다. 첫눈에 반할 만큼 전형적인 미인은 아니었지만 사랑스럽고 야무진 외모였다. 털털하면서도 상냥한 느낌이었다. 동글동글한 두상이 유난히 예뻤고 심한 곱슬머리라서 언제나 머리를 질끈 묶고 다녔다. 거기에 춤도 잘 추고 성적은 학년에서 1등이었다. 이쯤 되면 성격이라도 나쁠 거라 생각하겠지만, 그 애는 모두를 챙기는 친절함까지 갖추고 있어서 누구든 생일이 되면 그 애가 직접 준비한 선물과 편지를 받을 수 있었다. 선물은 빳빳한 코팅이 된 커다란 하얀색 쇼핑백에 담겨 있었다.

나는 그 애의 싸이월드를 곧잘 구경했다. 그 애는 세련된 프랜차이즈 커피숍에서 공부를 하고, 본더치 모자와 어그 부츠

등 유행하는 아이템은 전부 가지고 있었고, 방학이면 미국으로 여행을 갔다. 그때까지만 해도 중학생이 프랜차이즈 커피숍에서 공부를 하는 일은 드물었다. 그런 생활은 내가 대학생이 되어서야 해볼 수 있는 것들이었다. 모든 게 완벽해 보이는 그 애를 누구나 좋아했다. 그렇지만 무엇이 그 애를 그토록 돋보이게 만들었을까. 다른 애들이 그 애에 관해 이야기할 때 빠지지 않고 등장하는 주제가 있었다.

"걘 남 욕 절대 안 해."

나는 과연 그런지 친구들이 모여 뒷담화에 열을 올리는 순간 그 애를 몰래 주시했다. 그 애는 그런 상황이 오면 슬쩍 빠져 있거나 아무 말도 하지 않았고, 주제를 돌리는 식으로 상황을 피했다. 그 애의 언어에는 누군가를 깎아내리려는 시도가 없었다. 그러다 보니 여자애들은 그 애 앞에서 험담이나 거친 말을 잘 하지 않게 되었다. 나는 그 애가 미국으로 전학하기 전 1년간 그 애에게 주목했으나 어떤 결점도 찾을 수 없었다. 그간의 노력에도 성과가 없자 허무함마저 들었다. 그 애는 실로 완벽했다.

어딘가 혼자 다른 세계에 속해 있는 듯한 그 애를 보며 처음으로 동경을 배웠다. 존중과는 가깝고 질투와는 먼 감정. 그 애의 그런 올곧은 태도는 얄미울 정도였다. 그러나 타협하지 않는 자기만의 고집이 그 애를 어디에도 없는 특별한 사람으로 만들었다. 사람은 자신이 하는 생각으로 만들어지고 그 생각은 말과 행동으로 드러난다. 내면이 확고한 사람이 뿜어내는 에너지는 그 사람을 안 예뻐 보일 수 없게 만든다. 그 사실을 그 애는 이미 알고 있었던 것 같다. 그 애처럼 특별한 사람은 좀처럼 찾아보기 어려워 학창시절의 여운은 오래 지속되었다.

나는 그 애를 보며 '미인'의 새로운 정의를 찾았다. '뭔가 달라서 궁금한 여자. 기본값에 어떤 악의나 허세도 없어 눈길이 가는 여자. 자신을 자신답게 만드는 면모를 확실히 가진 여자.'

'미인'은 고등학교 때도 있었다. 이번엔 또래가 아닌 어른이었다. 그 주인공은 고등학교 2학년 때 담임이자, 문학 선생님이었다. 선생님의 주변은 항상 푸릇푸릇한 학생들의 수다로 가득했다. 잘 웃고 격 없이 친절한 선생님의 수업은 아이들 사이에서 평판이 좋았다. 그는 몸집이 작고 약간의 파마기가 있는 단발머리를 하고 있었고, 짧은 말에도 카리스마가 풍기는 부류였다. 당당하고 매력적이었다.

친한 친구와 같은 반이 되었다는 것보다 그에게 '우리 반'이라고 불릴 수 있는 곳에 속했다는 것이 무척 기뻤다. 그가 담당하는 구역의 일원이 된 나는, 처음으로 복도에서 단둘이 마주쳤던 그날을 기억한다. 아직 나를 모르는 그에게 어색하게 청소 당번을 물으며 나는 꼭 사랑받겠다고 다짐했다.

선생님은 가수 미카와 페퍼톤스의 팬이었고, 수업 시간에 귀 감이 될 만한 시나 노래 가사를 프린트해 주기도 했다. 그것은 젊음을 꿈꾸는 나에게 부적 같은 것이 되었다. 조는 애들이 늘 어날 때마다 선생님은 자기의 이야기를 들려주곤 했다. 나는 그가 말해주는 학교 밖 스무 살 이후의 생활에 깊이 빠져들었 다. 서촌에서의 주말 약속, 영화관 씨네큐브와 광화문 사거리 에 있는 일민미술관 1층 식당, 그 식당에서 꼭 먹어야 할 하겐 다즈 아이스크림을 얹은 와플 세트, 조금 참았다가 스무 살이 되어 읽으면 좋을 《상실의 시대》…. 선생님의 모든 말에 마음 이 일렁였다.

나는 그가 통째로 궁금해졌다. 그의 머플러와 재킷, 숨겨둔 애인, 좋아하는 영화, 틈만 나면 지방으로, 방학이면 유럽으로 떠나는 그의 방과 후 시간을 상상했다. 선생님이라는 이름을 벗은 20대 후반, 혹은 30대 초반 여자의 일상은 어떤 빛을 띠 고 있을까? 나도 저 나이쯤이면 선생님처럼 근사한 어른이 될 수 있을까?

나는 여름이 되기 전에 선생님과 친해졌다. 단 한 번도 문학 수업에 졸지 않았고, 딴청을 피운 적도 없었다. 한마디도 놓치 기 싫어 집중했다. 초롱초롱한 눈빛은 학생과 선생이라는 우리 우정의 한계를 뛰어넘는 나만의 고백이었다. 제출한 노트에 그 가 빨간색 펜으로 남겨주는 짧은 메모들은 지루한 야자를 버

티게 했다. 우리는 작은 희열과 감성을 공유하는 사이였다. 선생님과 가끔 음악과 문학 이야기를 나눴다. 시험에 나올 시와 시험에는 나오지 않을 검정치마의 노래에 대해서. 그럴 때면 예술은 쑥스럽거나 오그라드는 게 아니며, 마음에 남아 나의 일부가 되기도 한다는 것을 어렴풋이 알 수 있었다. 어떤 날은 내가 소를 돌보는 농부에 대한 시를 보고 감동적이라고 썼더니, 그가 파란색 펜으로 답글을 달아놓았다.

"그렇지? 나만 그렇게 느낀 거 아니지?"

그의 말을 마음에 불씨로 품고, 듣기만 했던 세상을 직접 경험하기 시작했다. 스무 살이 되자마자 《상실의 시대》부터 읽었고, 스물세 살이 되던 해 유럽 여행을 떠났다. 선생님이 찬사를 아끼지 않았던 파리와 뉴욕 거리를 걸어보았다. 인디 밴드의 콘서트도 가보고, 연애도 했다. 그가 좋아했던 서울의 극장과 카페의 단골이 되었다. 광화문과 종로 일대는 이제 지도 없이도 웬만한 길을 훤히 알 정도가 되었다.

20대는 쏜살같이 흘렀다. 어느새 나는 그 시절 그의 나이가 되었다. 돌아갈 수 있다면 언제로 돌아가고 싶냐고 묻자 지금이 행복해서 돌아가고 싶지 않다고 말했던 그의 말을 이제는 이해할 수 있게 되었다. 눈높이를 맞춰주며 우정을 허락했던 그가 얼마나 사려 깊은 사람인지, 반 애들이 선물로 사 준 분홍색 원피스가 그의 취향이 아니라는 것도, 한 번도 입지 않은 채 옷장 어딘가에 간직되어 있을 거라는 것도 어른이 되어서야 알게 되었다.

문득 내 젊음의 시작이었던 그가 보고 싶어졌다. 수소문해 찾은 선생님의 연락처로 문자 메시지를 보냈다.

선생님, 저 기억하세요?

조금 더 추워지면 나는 선생님과 찻집에서 만나 지난 세월을 이야기하게 될지도 모른다. 내가 어떤 어른이 되었는지 슬쩍 자랑을 해보게 될지도. 그런 날이 오면, 아직 그때의 문학 교과서를, 열여덟 살 생일에 당신에게 받았던 쪽지를 버리지 않았다고 말할 것이다. 그 오래된 우정의 징표가 내게 어떤 의미였는지 10대처럼 조잘거리면, 선생님은 내가 사모했던 그때 그 웃음 그대로 분명 터프하게 웃을 것이다.

마지막

런던

친구 지현은 런던에 산다. 우리는 거의 매일 통화하는 사이이다. 통화를 할 때마다 그는 런던에 언제 올 거냐고 재촉하듯 나를 유혹하는데, 나는 그 말을 듣는 것이 내심 좋아 기다리곤 한다. 그 말에는 평생 마스크를 쓰고 다녀야 할지도 모른다는 끔찍한 예견에도 불구하고 우리가 곧 예전처럼 다시 만날 수 있을 거라는 확신이 들어 있기 때문이다. 버틸 맛이 난다. 지현과의 통화에는 그날의 런던의 모습이 묻어난다. 전화기 너머로 그의 하우스메이트들이 그릇을 꺼내고 식재료를 씻는 소리와 문을 열고 들어와 인사하는 소리가 들려온다. 만화처럼 눈발이 흩날리는 뒷마당과 카펫 위에 벗어놓은 양말이 보인다. 내겐 여행이고 그들에게는 일상인 소리를 전화기 너머로 들을 때면, 나는 사무치는 마음으로 그때의 그곳을 떠올렸다. 코끝이 시큰시큰해진 채 자주 생각했다. 분명 빠짐없이 적어두었다고 생각했던 그날의 유럽은 아직 충분히 쓰이지 않았다.

내가 본 런던의 마지막은 혼돈 그 자체였다. 출국이 아니라 탈출에 가까웠다. 2020년 3월, 런던 히스로공항의 모습은 전 세계를 강타한 유례없는 바이러스 소동에 모두가 코와 입을 가린 채 우왕좌왕하고 있었다. 경험하는 모든 일은 당황스러우리만큼 새것이었는데, 그도 그럴 것이 아무도 경험해보지 않은 사건이었기 때문이다.

나는 마스크를 꼼꼼히 착용하고 비닐장갑까지 꼈다. 열 시간의 비행 동안 사람들은 거의 말을 하지 않았다. 내 앞자리에는 어린이를 동반한 가족이 앉아 있었는데, 그들이 대화를 주고받을 때마다 주변 사람 모두가 움찔움찔하는 게 느껴졌다. 서로를 경계하고 의심하는 분위기였다. 모두들 말없이 허겁지겁 기내식을 먹는 모습은 전시 상황을 방불케했다. 인천국제공항에 착륙했을 때는 무사하다는 안도감에 눈물이 찔끔 났다.

귀국 후 코로나19 팬데믹 전의 런던을 떠올리는 습관이 생겼다. 매번 생생히 기억하려 애썼다. 가장 먼저 떠오르는 장소는 세인트존스우드역이었다. 역 근처에 오랫동안 머물렀던 친구의 집이 있었던 터라, 그만큼 추억도 많았다. 역 입구에는 비틀스의 사진이 박힌 머그컵과 냉장고 자석을 파는 작은 카페가 있었다. 언제나 그곳을 지날 때는 은은한 커피 냄새가 났다. 역을 끼고 오른쪽으로 돌면 누구나 한 번쯤 상상해보았을 법한 전형적인 영국 동네가 나왔다. 동네의 중심이 되는 사거리인 이곳엔 좁은 폭의 차로와 골목들 사이로 상점들이 모여 있었다. 잡지와 문구, 각종 과자류를 파는 구멍가게와 지역에서 자체적으로 운영하는 작은 도서관도 있었는데, 그 옆 고급 마트 입구에는 언제나 꽃을 파는 작은 섹션이 마련되어 있었다.

마트에는 근사하게 포장된 식재료를 팔았다. 와인과 치즈, 작은 카드가 달린 초콜릿 케이크, 스시 도시락, 크로켓 등등. 신생아용 로션 같은 간단한 생활용품도 보기 좋게 진열되어 있었다. 그 소품들은 취향을 뽐낼 수 있도록 차라리 쇼핑백이 투명이었으면 좋겠다고 생각할 만큼 어여뻤다.

이 동네에는 한눈에 봐도 세련된 사람들이 많이 지나다녔다. 외제차가 즐비했고, 저녁식사 자리에서 클래식이 흘러나올 것만 같은 분위기여서 가끔은 맨투맨 차림의 내가 조금 민망해지기도 했다. 그럴 때 바로 옆 스타벅스는 신이 내게 주신 안전지대였다. 동네의 유일한 스타벅스인 이곳은 사거리의 모퉁이에 위치한 특별한 것 없는 그냥 스타벅스다. 그러나 매장에서

바라보는 경치만큼은 특별했다.

　동네를 한눈에 조망할 수 있었다. 턱을 괴고 앉아 창밖을 보면 있으나 마나 한 미니 횡단보도를 신호등이 비추고 있었고, 클래식한 검은색 가로등이 위엄 있게 껌뻑였다. 여행이라는 스스로가 자처한 불편함 속에서 친숙한 스타벅스의 존재는 말 그대로 '쉼'이다. 그곳에서는 긴장에서 잠시 해방된다. 세계 어느 지점을 가더라도 내부 구조, 메뉴, 좌석이 거의 동일하기에 낯선 이국에서 머뭇거릴 수밖에 없는 나를 그나마 덜 어리바리한 사람으로 만들어준다. 카페에서 나와 집으로 돌아가는 길, 퇴근한 지현과 역 앞에서 만나곤 했다. 오는 길에 있는 벚꽃나무를 지나칠 때 그가 말했다.

"내가 좋아하는 나무야."

　매번 같은 나무를 지나쳐 같은 길을 걷는 별 볼 일 없는 일은 여행을 그럴싸하게 만들어주었다. 집으로 가는 길이 멀수록 도착했을 때의 환희는 더 커지는 법이어서 나는 걸음마다 기대하는 마음을 담아 걸었다. 역에서 집까지는 걸어서 15분 정도가 걸렸다. 거리는 한 모퉁이를 돌면 급격하게 한적해진다. 큰 가로수들 사이, 얇은 커튼을 드리운 노란 불빛이 새어 나오는 창문들이 줄지어 있다. 가는 길 내내 심심치 않게 청설모를 마주쳤다. 이 동네에 머물 때 나는 방 두 칸짜리 집에 세 들어 살며 출퇴근하는 회사원이라고 상상했다. 일탈이라고는 하지 않는, 성실하고 수동적인 상상 속의 나는 언제나 일기장에 예술가가 되고 싶다고 썼다.

가정적이고 안전한 이 지역을 벗어나 젊은 열기로 가득한 쇼디치로 거처를 옮겼을 때 나의 상상은 완전히 바뀌었다. 나는 록밴드의 드러머가 되는 상상에 빠져들었다. 때때로 상상 속의 주인공을 연기했다. 여행이란 결국 다른 사람이 되어보기 혹은 잘 몰랐던 자신을 발견하기 위한 것이니 거칠 것은 없었다. 태도를 지어내는 일만큼 창의적인 일상은 없다. 나는 곧잘 흥얼거리거나 가짜 악센트로 말했으며, 가방은 꼭 한쪽 어깨에만 걸치듯 메고 다녔다. 건들건들하게 걸었고, 담배를 입에 물고 버스를 기다리면서 책을 읽기도 하고, 기진맥진해질 때까지 산책했다. 목적지는 대부분 빈티지 숍이었다. 그곳에 가면 눈에 띄는 모든 옷을 입어보고 내가 가지고 있던 옷과 가방은 아무렇게나 내팽개쳐 두었다. 그리고 방과 후 친구들과 떼 지어 수다를 떠는 고등학생들을 훔쳐보며 애써 부럽지 않은 척 연기를 했다.

그리고 하나 더, 그런 쿨한 여자애라면 주말에는 반드시 브릭레인 마켓으로 향해야 했다. 런던의 일요일을 경험하기 위해 그곳으로 가야 한다는 건 말하기도 입 아픈 공식 같은 거다. 나는 홍대입구역 9번 출구에 처음 와본 10대처럼 두리번거렸다. 그곳이 내가 마지막으로 방문했던 발 디딜 틈 없는 런던의 주말이다. 어떤 이는 꽃을 한 아름 안고 지나갔고, 어떤 이는 시비를 거는 듯한 거친 억양으로 떠들었다. 점심시간에 몰린 몇몇 사람들은 비스듬히 서서 각종 세계 음식을 일회용 포크로 떠먹고 있었고, 각종 수제 물건을 구경하는 사람들로 성황을 이루었다.

나는 포스터를 구경했다. 짧은 앞머리의 오드리 햅번, 복제된 꿈결 같은 유화 명작들, 공사 중인 옛 뉴욕의 아찔한 전경을 배경으로 천연덕스럽게 샌드위치를 먹고 있는 인부들의 모습, 말하기도 식상한 아름다운 파리의 에펠탑, 밥 딜런과 오아시스 등 유명 음악인의 사진을 조악하게 인쇄한 싸구려 판넬 앞에서 구경하는 것도 재밌었다. 그곳에서 쿠엔틴 타란티노 감독의 영화 〈킬 빌〉의 포스터를 하나 샀다.

천막 상점들을 지나면 피자가게 맞은편에 천장이 높고 규모가 큰 음반가게가 언제나 그 자리에 우직하게 있었다. 처음 런던을 방문했던 7년 전과 달라진 풍경이 거의 없었다. 상점도, 일요일마다 열리는 푸드 마켓도 그대로였다. 파리나 베를린처럼 런던도 그랬다. 몇 년이 흘러 다시 찾아도 대부분의 장소는 그대로였고, 품어왔던 그리움을 우습게 만들지 않고 기억을 보듬어주었다. 새것의 찬란함이나 요란함이 옛것을 이길 수 없음을 나는 유럽 곳곳을 다니며 몸소 배웠다.

전염병의 유행으로 갑자기 여론이 떠들썩해지고 귀국을 재촉하는 부모님의 성난 메시지가 전화기에 가득 찼을 즈음, 나는 친구들과 극장 나들이를 갔다. 도시는 이미 공포에 휩싸여 적막해진 후였다. 모두가 어딘가로 대피라도 한 듯 거리는 한산했다. 마치 영화 촬영 세트장처럼 문명이 멈춘 거리를 쓸쓸히 걸으며 우리는 말없이 마지막을 예감했다. 숙소로 돌아가자마자 항공사에 연결된 전화기를 두 시간째 붙잡고 있었다. 빚쟁이처럼 부랴부랴 짐을 꾸렸고 가까스로 국경 봉쇄 직전 마지막 비행기 티켓을 구했다. 그렇게 나는 도망치듯 런던과 작별했다.

나는 런던과의 시큰둥한 마지막을 잊으려 노력했다. 과거에 얽매이지 말자고 스스로를 설득했다. 한때 나의 시절이 온통 그곳이었다는 사실이 현실을 마비시킬까 무서웠다. 추억을 상기시켜 그 안의 이국적인 공기를 느껴보려는 노력에도 넌덜머리가 났다. 시간은 나의 초조함을 비웃듯 매끄럽게 흘렀다. 1년 반이 지난 지금, 나는 다시 마음을 다잡는다. 너무 그리울까 염려되어 눌러둔 추억을 꺼내 만져도 본다. 그리움이 동반하는 괴로움까지 모두 감당하며 닿을 수 없는 그날을 생각한다. 엉겨 붙는 기억과 추억으로 성가실지라도.

어느 노래 가사처럼, 그리워하면 어제가 올까? 아직 잘 모르겠지만 나는 일단 쓴다. 써두었던 추억을 처음부터 다시 고쳐 쓴다. 글 속에서 그 시절들은 품위 있게 흐릿해진다.

기분을 꿔주는

은행

혼자 여행하는 이에게 산책은 산책 이상의 의미를 갖는다. 걸음이 반복되다 보면 나 자신은 희미해지는 듯한 경험을 하게 된다. 자의식을 내려놓고 낯선 세계에 대한 궁금증만 품는 명징한 시간이 시작된다. 나를 뺀 모든 것이 중요해진다. 목적지가 없는 걸음이라면 더욱 그렇다. 그저 걷다 보면 생각지 못한 거리의 의미가 튀어나와 알아서 하루를 메운다. 산책으로 우리는 터질 듯 충분한 풍경을 공급받는다. 그리고 나면 우리의 시야는 달라진다.

여행은 창문을 만드는 일이다. 내 안에 갇혀 있을 때도 밖을 볼 수 있게, 걸음 없이도 걸을 수 있게 한다. 눈을 감았을 때도 보이는 경치를 만들기 위한 작업이다. 많이 걸을수록 그 창문은 커지며, 견고해지고 그 안의 풍경은 내 신체의 일부처럼 애틋해진다. 힘겨운 날에도, 벅찬 날에도 눈만 감으면 그 풍경들이 눈앞에 펼쳐진다. 요즘 나는 눈을 감고 하루의 기분이 될 장면들을 자주 빌려온다.

모든 아이들은

천국에 간다

"그 애가 죽었어."

엄마가 자는 나를 깨워말했다. 나는 슬프다기보다 무척 놀랐다. 누군가 내 얼굴에 얼음물을 쏟아부은 것 같았다. 그리고 눈물이 나기 시작했을 때는 내 주변의 모든 사물이, 아직 시작하지 않은 하루가 다 무의미하게 느껴졌다. 돌연 세상이 먹먹해졌다.

　그 애와는 교회에서 만났다. 당시 내가 다니던 교회는 교인

이 40명 남짓한 아주 작은 교회였다. 서로서로 다 알 만큼 작은 곳이었다. 그 애의 아버지도 교인 중 하나였다. 그는 꽤 유명한 신문 기자였고, 아픈 딸이 있다고 했다. 그 애를 만난 건 내가 스무 살이던 2010년 여름의 일이었다. 어느 일요일에 그 기자인 집사님은 딸을 데리고 왔다. 그 애는 열두 살이었다. 곱슬거리는 단발머리에 투명한 뿔테 안경을 쓰고, 아이다운 옷차림을 하고 있었다. 또렷이 기억나는 건 총기 가득한 눈빛이다. 그 눈빛은 '총명하다'는 말의 표본인 듯했다. 똑똑하다는 말과는 또 다른 뉘앙스로. 그 애에게는 맑은 기운이 있었다.

어릴 적부터 백혈병을 앓은 그 애는 최근 병세가 많이 호전되어 집에서 지낸다고 했다. 어린이들이 대개 그렇듯, 그 애는 내게 반말을 했다. 나를 또래로 봐준 것 같아 기쁜 마음으로 우리는 대화를 시작했다. 말이 많은 아이였다. 명랑하게 조잘거리는 말에는 아픔이 없었다. 질병은 여름 같은 그 애 안에서 허물어지고 있었다.

그다음에는 공원에서 만났다. 돗자리를 깔고 음식을 먹으며 이야기하는 야유회 자리였다. 그때 그 애의 팔을 처음 보았다. 주삿바늘 자국이 가득한 창백하고 몹시 얇은 팔. 가늠해보지도 못할 고통이 작은 팔에 난 작은 구멍들로 남아있었다. 얼마 뒤 주말엔 그 애의 집으로 갔다. 거실에 있는 탁자에서 그 애가 좋아한다는 활동을 같이 했다. 이를테면 색칠하기나 종이접기 따위. 나에게 무리는 아니었다. 아이들이 좋아하는 미술 활동은 나도 좋아하는 것이었으므로. 실없이 웃거나 종이배를 만들거나 하면서 나는 그 아이가 어린아이라는 것을 잊었다. 내가 정말 그 애의 친구가 되었다고 느낀 건 옆에서 계속 지켜보며 흐뭇해하던 그 애의 부모님이 어딘가로 가주셨으면 좋겠다고 생각했을 때다. 언젠가는 내가 정말 어른이 되고 그 애는 건강해져 우리 둘만의 시간을 만들고 싶었다. 그 애가 아프다는 것, 아이라는 것. 나도 모르게 신경 쓰고 있던 그 애에 대한 선입견이 우리가 함께 보내는 시간 안에서 서서히 사라지고 있었다.

집에서 조금 머물다가 그 애의 가족과 다 같이 공원에 갔다. 집 근처에는 한강이 있었다. 우리는 치킨을 시켜 먹었다. 그 애가 잘 먹는 모습을 보고 치킨을 먹을 수 있을 만큼 건강해졌구나 싶어 몹시 기뻤다. 병이 그 애의 과거가 되기를 바랐다. 그래서 언젠가는 영화나 드라마를 이야기하듯 그 시절을 웃으며 회상하길 바랐다. 그리고 나는 한동안 그 애를 잊고 지냈다. 스물하나가 되어 대학에 다시 들어간 뒤 나는 여느 스물한 살짜리가 그렇듯 무엇 때문인지도 모르게 바빠졌다. 연애와 공부, 여행을 병행하느라 정신이 없었다. 내게 허용된 모든 것을 온몸으로 통과해내느라 하루가 끝나면 기진맥진했다.

그러다 부모님에게서 그 애가 중환자실에 다시 입원했다는 소식을 들었다. 나는 가보지 못했다. 아니, 가보지 않았다. 내가 마지막으로 보았던 그 애의 모습이 건강했기에 금방 지나가는 소식일 줄 알았다. 내 머릿속에 죽음이라는 단어 자체가 없었다.

그러나 그날이 우리의 마지막이 되었다. 교회, 공원, 거실. 깨끗하고 다정한 장소에서만 만났던 우리의 인연이 갑작스레 끝났다. 장례식장으로 향하기 전 나는 그 애와 함께 찍었던 사진을 인화해 액자에 넣어 챙겼다. 도착하자마자 다른 장례식장에서는 느낄 수 없었던 애도의 기운이 느껴졌다. 아주 긴 줄이 늘어서 있었다. 어른들의 얼굴에는 미안함이 가득했다. 활짝 웃는 열두 살의 말간 얼굴 앞에서 모든 이가 슬퍼했다. 그 애에게 남아있던 날들만큼.

그의 부모님은 내 얼굴을 보자 눈물을 흘렸다. 평생 흘릴 눈물을 다 흘리는 듯 흐느낌이 멈추지 않았다. 챙겨온 사진을 향 옆에 놓아두었다. 나는 무슨 말을 건네야할지 몰라 아무 말도 하지 않았다. 이후로 교회에서 기자인 집사님을 만나볼 수 없었다. 이유를 묻지는 않았지만 알 수 있었다. 아이를 잃은 사람에게 신이 무슨 의미가 있을까. 신이 아닌 그 무엇이라도 어떻게 다시 믿을 수 있을까. 어떤 슬픔은 목격하기조차 두렵다. 딸을 잃은 아버지의 심정은 감히 추측할 수 없다. 그 어떤 위로로도 충분하지 않으리라.

영화 〈레인 오버 미〉에는 사랑하는 사람들을 잃은 남자가 나온다. 그는 자신을 도우려는 사람들에게 냉담하고 무례한 태도로 일관한다. 주변 사람들이 아무리 기다려주어도 그는 마음을 털어놓지 않았다. 그러다 그는 친구에게 울먹이며 이야기를 시작한다.

딸이 셋이었어. 지나는 다섯 살이었고, 제니는 일곱 살. 그 애는 벌써 남자애들을 좋아했었지. 큰딸인 줄리는 아홉 살이었고, 셋은 서로 비슷했어. 모두 돌린을 빼닮았어. 돌린은 내 아내였어. 우리는 개도 키웠지. 이름은 스파이더라고, 푸들이었어.

딸들과 아내는 토요일 아침마다 나를 깨우러 왔어. 비틀즈의 노래를 부르면서, 화음을 맞추면서. 너무 귀여웠지. 너무 귀여웠어…. 돌린은 나를 함부로 판단한 적이 없었어. 어떤 아내들이 하는 것처럼 바가지를 긁지도 않았고. 그냥 카펫이 더러워지지 않게 신발을 벗으라고 하는 정도였어. 그게 다야. 아내와 딸들은 참 '여자' 같았어. 난 청일점이었고, 그들은 날 너무 사랑해줬어. 셋 다 갈색 머리였지. 막내 지나만 빼고는. 지나는 다른 애들과 달라 보이고 싶어 해서 머리를 짧게 잘랐었지. 그 애는 태어날 때부터 몸에 점이 있었어, 화상 자국처럼 보이는. 자라면서 없어질 거라고 확신했는데 없어지진 않았지. 제니는 체조 선수가 되고 싶어 했어. 영 재능이 없었지. 하지만 난 도저히 그 애를 나무랄 수 없었어….

이 대사들은 애도의 시다. 마치 어제 있었던 일처럼 이야기 해보는 회상의 시다. 사랑하는 이를 잃은 순간은 그들에게 언제나 현재이기 때문이다. 시간이 이만큼 지났으니 괜찮아질 때도 되지 않았냐고, 다 잊고 다시 시작하라고 하는 말은 비수나 다름없다. 어떤 기억은 영원히 아물지 않는 상처라서 보존해야 한다. 극복하는 것이 아니라 자신의 일부가 되는 수밖에 없다.

나는 4월이면 그 애를 생각했다. 손가락으로 햇수를 세어보니, 벌써 9년이 지났다. 그 아이가 살아있었다면 지금 중학생이 되었을 것이다. 내가 할 수 있는 유일한 일을 해본다. 짐작할 수 없는 슬픔을 선택하는 대신 기억하는 일을 선택한다. 내게 남자친구가 있냐고 물으며 킥킥거리던 얼굴을 기억한다. 어떤 가수를 좋아했었는지 기억한다. 내게 직접 접어 만든 색종이 목걸이를 선물하던 장면을 기억한다. 그 애를 설명할 만한 모습을 아직도 조금은 간직하고 있다.

인간이 아직은 발견하지 못한 어느 세상에서 잘 지내고 있을 그 애를 상상해본다. 꿈에서라도 마주친다면, 그립다는 말보다 잘 지냈냐는 말을 하고 싶다. 내가 그 애를 계속 기억하는 한, 우리의 이별은 그리 허무하지만은 않다.

우리가 함께하기 전까지

여름은 시작되지 않아

그는 그림을 그리는 사람답다. 그를 만나고 나면 열기를 식혀 가며 서둘러 기록하는 나와는 달리 그는 비언어의 상태로 머문다. 그의 블로그에는 사진만 잔뜩 올라왔다. 표현은 최대한 절제되어 있었다. 그는 어떤 단어들을 조합해도 부족하고 어떤 하나로 정의되고 압축되는 게 싫어서, 말로 설명하기를 멈춘 다고 썼다. 숨이 차오르고 마치 질주하는 것 같은 우리의 시간. 소화제를 먹어야 하는 대화들. 키스만 안 할 뿐이지 우리 연인 이나 다름없었다. 그를 베를린에서 처음 만난 이후로 우리는 멀어지는 일이 없었다. 처음 만난 날 저녁, 우리는 헤어지지 않았고 그가 한국으로 먼저 돌아가기 전 일주일을 줄곧 함께했다. 나는 그해 여름 한국으로 돌아오자마자 제주도부터 갔다. 그는 제주도에서 태어나고 자란 토박이였다.

침실을 공유하고 1박을 보내는 여행적 요소는 멀리 사는 우리에게 당연한 일이 되었다. 만나려면 꼭 여행해야만 하는 과정이 만남을 더 벅차게 만들었다. 기다림을 거쳐야만 허락되는 섬 소녀와의 재회. 그 만남으로 인해 나에게 각별한 섬 하나가 생겼다.

베를린의 여름을 지나 두 번째 여름. 제주 공항, 1번 출구. 빨간색 마티즈가 보였다. 너저분한 차 뒷좌석은 내 방과 똑 닮아 있었다. 붓, 4B 연필, 전시에 사용되었던 소품, 물감이 말라 휘어진 팔절지, 읽고 있던 책, 여분의 옷 등이 그곳에 수풀처럼 뒤엉켜 있었고 그는 터프하게 운전대를 돌리며 웃었다. 차에서는 롤링스톤스의 노래가 나오고 있었다.

우리는 서귀포에 숙소를 잡았다. 그곳에는 작은 바닷가 마을이 한눈에 내려다보이는 나무판자 테라스가 있었다. 5월의 햇볕을 쬐면서 서로에게 기대어 비틀스의 〈black bird〉를 들었다. 노래 속의 새소리와 실제 새소리가 절묘하게 섞였다. 그 음악을 들으며 고요해지는 일이 우리의 아침 식사였다. 해 안에서 시력은 맑아졌다. 너무 투명해서 비현실적인 느낌. 볕이 비

추는 아침의 표정 같았다. 축복 같은 해가 티셔츠를 적신 그 순
간에 그는 이렇게 말했다.

"아, 비나 쏟아졌으면 좋겠다."

그러면 우리는 숨이 넘어갈 정도로 웃었다. 역시 '적당히'를
모르는구나. 우리는 과했다. 그는 극적인 기쁨을 즐기는 것, 반
전의 묘미를 기대하는 태도가 나와 비슷했다. 잔잔하면 폭풍을
그리워하고, 장마 속에서는 습기 없이 뽀송한 날을 기다리는
변덕. 우리는 각자가 속한 곳에서 완벽히 이해받지 못했던 존
재였다. 그는 나에게 말했다.

"내가 바닷가에 누우면 왜, 라고 묻는 친구들이 많았어. 그런
데 언니는 내 옆에 말없이 누워버리는 사람이라서 좋아."

내가 온전히 이해받았던 기억이 있었던가. 사랑했지만 이해
받지는 못했던 순간들. 내 행동이 타당하다고 말해준 사람이
드물었던 것은 다른 사람에 비해 잘 끓고 쉽게 기뻐해서가 아
니었을까. 충분히 즐거워하지 못하고 제지당했던 관계 속에
서 나는 자유롭지 못했다. 남들과 박자가 맞지 않는 내가 때로
는 우스웠다. 즉흥적이고 씩씩한 이를 찾아 정도를 벗어나 사
랑하고 싶었다. 때로는 한순간을 위해 하루를 바칠 수 있는, 영

원히 기억될 순간을 원했다. 내가 뛰고 눕고 울고 춤추는 걸 바라만 보는 게 아니라 그저 함께 하는 사람을 찾고 싶었다. 그런 내 앞에 2년 전 그가 나타났다. 그도 내가 처음이었고 나도 그가 처음이었다. 우리는 서로 닮은 듯 달랐지만 지치지 않고 사랑을 준다는 점에서는 거의 동일했다. 나와 온도가 비슷했고, 보고 느끼다가 끓기 시작하는 지점이 비슷한 사람이었다. 그의 곁에서 내 사랑은 괴짜 같은 것이 아니라 이례적인 것이라는 평을 받았다. 그가 요구하는 만큼 나는 내가 가진 애정을 다 끌어다 그에게 썼다.

우리는 책도 같이 읽었다. 함께 읽는 것은 기묘한 체험이다. 같은 지점에서 같이 감격하는 사람이 아니라면 불가능한 일이다. 우리가 팔꿈치를 맞대고 책을 읽으면 주변에 누가 있는지, 지금 이곳이 해수욕장인지, 식당인지, 그의 부모님 집인지 모르게 된다. 장소와 시간마저 잊어버렸다. 제대로 정신을 차릴 수 없을 만큼 몰입된 순간이었다. 그가 내 삶에 등장한 이후 우리의 나날은 스스로 자물쇠를 잠갔다. 함께 있을 때는 외로움을 몰랐다. 그는 어느 날 노래 가사를 내게 공유했다. 친구가 자신을 묘사한 노래 같다며 보내준 노래라고 했다. 그 노래는 뮤지션 신승은의 〈내가 아는 사람 중에 가장 똑똑한 사람〉이었다. 노래의 처음 몇 소절은 다음과 같다.

재미있는 책들은 전부 다 읽은
체크카드는 잘 잃어버리지만
좋았던 건 꼼꼼히 적어두는
학원에서 애들을 가르치며 돈 벌고
빈 시간에 카페에서 공부하는
밤이 되면 멍청한 사람들과 어울려서
술도 잘 마시는 똑똑한 사람

나는 그다음 소절을 들으며 이 부분은 내가 아니냐며 우겼다.

내가 좋아하는 영화에 대해

이미 글을 쓴 적이 있는

내가 고민했던 문제에 대해

이미 답을 한 적이 있는

그가 말하는 영화나 그가 빠져 있는 현재의 고민은 이미 내가 그 시절 감상했거나 해결했던 일이었다. 그럼에도 불구하고 젠체하지 않는 언니가 되고 싶었다. 덤벙대는 성격 탓에 거꾸로 그가 나를 더 챙기기도 했지만, 내가 알고 있는 것에 대해 미리 말하는 것을 의식적으로 피해야 했다. 그가 겪을 시행착오와 실패의 경험을 낚아채는 것일 테니까. 그가 시도하는 모습을 그저 편견 없이 바라봐 주기만 하면 되는 거였다. 그를 어린 어른으로 봐주는 것. 그가 요청할 때면 손을 뻗어 잡아주거나 부서진 징검다리를 고쳐주면 되는 나의 역할은 꿈을 향해 내달리는 그의 동력에 기름을 부어주거나 가끔 사용할 수 있는 날개를 달아주는 일이었다.

나는 자주 그의 미래를 기대했다. 그 기대감은 언젠가 열릴 그의 첫 전시회로 나를 안내했다. 그곳은 독일의 한 도시였다. 사람들이 꽉 차 있다. 예상치 못한 많은 인파에 그도 감격한다. 이 전시는 오늘 저녁 이 골목의 주인공이다. 그는 등이 파인 검은색 새틴 드레스를 차려입고 작품에 관해 설명하고 있다. 탐스럽고 처연하고 이색적인 대형 캔버스들이 공간 가득 걸려 있다. 나는 그 옆에 서서 전시 오프닝을 위해 준비한 시를 읽는다. 오래전부터 약속했던 대로. 늘씬한 잔을 들고 한 손으로 다른 한 손의 떨림을 진정시키는 내 모습이 보인다. 중요한 자리에서는 당사자보다 최측근이 더 긴장하는 법. 당사자인 그를 챙기고 눈짓을 주고받으며 나는 더 조심스럽게 사람들의 반응을 살핀다. 벌써 몇 점의 그림이 팔려나갔다. 또각또각 갤러리를 끊임없이 울리는 사람들의 구두 소리….

머지않은 일이라고 생각했다. 그가 성장하는 것을 매번 목격하고 있었기 때문이다. 2019년의 베를린에서, 어딘가 불안하고 비어 있는 도화지 같던 그는 변해 있었다. 이제 그는 자기 것이 뚜렷한 성인이 되어 있었다. 그림에서 깊이가 느껴졌다. 도시와 차단되어 지내서인지 얼굴도 정신도 맑아 보였다. 점점 자기만의 색깔이 진해지는 그에게 나는 이런 편지를 보냈다.

> 너만의 색깔이 정말 진해진 것을 새삼 매일 느껴.
> 예전에 스물셋 즈음에 내가 친구에게 들었던 말이 떠올라.
> 넌 너만의 색깔이 너무 진해서 깜짝 놀라곤 했다는 말이었어.
> 그런데 당시에는 그 말이 칭찬이 아닌 충고로 들렸어.
> 잘 어울리지 못하고 혼자 튀는 애로 보인다는 의미로 들렸거든.

그런데 네가 네 색을 만들어나가는 과정을 옆에서 보면서는 그게 어떤 의미인지 알았어. 내가 글을 쓰는 것처럼, 그림을 그리는 사람이라면 그래도 될 것 같아.

오히려 '다른 사람을 불편하게 할 만큼의 짙은 색'이어야 할 거 같아. 다만 네가 너무 정제되지는 않았으면 좋겠어. 자유로웠으면 좋겠어. 너다운 것에 너를 가두지 마.

누군가를 불편하게 할 만큼의 짙은 색은 무언가를 만들고자 하는 이에게 필요하다. 자기의 고집을 부리다가 자신을 놓치거나 잊고, 만들어진 형태를 부수고 다시 짓는 과정을 반복하면서 그것이 우리의 예술이 된다. 고집과 노력. 그는 이미 이 두 가지 도구를 내가 그의 나이였을 때와는 달리 이미 소유하고 있었다. 나는 그가 나를 불편하게 만들어서 좋았다. 그는 고기를 먹지 않고 녹색당에 투표하며, 아픈 지구에 공감하고 주목받지 못하는 것들을 외면하지 않았다. 자기 소신대로 살기 위해 산뜻한 용기를 내는 여자. 빨간색과 초록색이 가장 잘 어울리는 여자. 나의 하얀색 세계가 그의 세계로 초대될 때, 우리는 서로의 색깔을 버무려 또 다른 색의 우리가 되었다.

봄이 지나고 초여름이 왔다. 우리는 한동안 연락을 자제하며 지냈다. 축제가 매일 열릴 수는 없었다. 도무지 잔잔할 줄 모르는 우리는 서로에게 방해가 되지 않도록 가끔 메일만 주고받왔다. 어쩐지 추억은 서로를 멀리할수록 깊어지는 듯했다. 우리의 여름이 기다려질 때마다 매실 원액처럼 짙은 표현들에 시간을 타서 마셨다. 세 번째 여름이 돌아온다. 방치된 감정들이 되살아나는 것을 느끼며 제주도로 향한다. 그리고 1번 출구에서 빨간색 마티즈를 기다릴 것이다. 내가 낮잠을 잘 때 그는 여느 때처럼 내게 편지를 남길 것이고, 나는 혼자 바다로 걸어가 그것을 읽을 것이다.

그러면 나머지 날들을 살아갈 힘이 생기겠지. 무해한 우리 영혼을 서로의 시간과 종이에 새기면 더운 날에도 감동으로 오싹해지겠지. 곧 만나자.
숙박비로 와인 몇 병 챙겨갈게, 혜은.

사

이

|

친한 친구와 학창 시절에 한 약속이 있다. 같은 아파트 단지에
살자는 거였다. 언제든 서로를 불러내 시시콜콜한 일상의 관람
객이 되어보자고 말했다. 그것을 다른 말로 하면 같이 살지는
말자는 뜻이었다. 너와 나 사이의 거리가 너무 가깝다면 분명
다투게 될 테니 떨어져서, 그러나 아주 가까운 곳에서 살자고
했다. 적당한 거리두기는 우정을 지키는 귀여운 술책이었다.
그러나 코로나19 발생 이후 그것은 목숨을 위해 지켜야 할 생
존 규칙이 되었고 껴안거나 손을 맞잡는 일, 그러니까 거리를

좁히는 일은 낭만적인 일이 아니라 위험한 일이 되어버렸다.

2020년 3월, 나는 한동안 마지막 여행일 영국 일정을 마치고 마스크와 비닐장갑을 낀 채 귀국했다. 곧바로 자가격리에 들어갔다. 극단적인 거리두기가 시작된 것이었다. 일주일 만에 넷플릭스의 모든 영화와 갖가지 영상에 싫증이 나버렸다. 내가 원했던 것은 손가락으로 들여다보는 세상이 아닌 눈빛으로, 대화로 마주하는 세상이었다. 문밖으로 아빠가 퇴근하는 소리, 9시 뉴스, 찌개 끓는 소리, 엄마의 통화 소리가 들렸다. 3미터 남짓한 거리에서 발생하는 그 투박한 일상을 나는 동경하기 시작했다. 너무 당연하게도 내 것이었던 함께 밥을 먹는 식탁과 과일을 깎아 마주 앉았던 거실 카펫, 고양이의 밥을 챙겨주는 작은 일상의 순간들을 동경하게 되었다.

일주일을 더 버텨야 하는 그 시점부터였다. 내가 아침을 되찾은 것은. 매일 일찍 일어나기 시작했다. 창문에 기대어 호사스러운 아침 햇살로 온몸을 적셨다. 창 밖으로 한적한 도로가 내다보였고 때때로 고요하고 우아한 아침의 움직임이 포착되었다. 아침은 외출하지 못하는 나 대신 빈 택시가 되었다가, 빗자루 두 개를 싣고 달리는 환경미화원이 되었다. 어둑어둑했던 하늘이 서서히 밝아지는 것을 보며 처음으로 이 지독한 시간에 대해 감사를 느꼈다. 얄미울 정도로 예쁘면서도 결코 자랑하지 않는 아침만의 빛이 고마웠다.

아침 내내 창문 앞에 서서 그동안 시간 없음을 핑계 대며 읽지 못했던 책들을 닥치는 대로 읽어 내려갔고, 좋아하는 노래를 들으며 춤을 췄다. 그럴 때면 답답함을 까맣게 잊었다. 그 순간 침대와 서랍장, 책상뿐인 내 방에 아침 햇살까지 더하면 더 바랄 게 없다고, 충분하다고 생각했다. 그때 나는 눈치챘다. 내면은 '자기만의 방'이었다. 2주간의 격리로 나는 삶의 좌우명 하나를 얻었다. '나 자신과의 거리를 항상 고민하며 살 것.' 섬처럼 혼자였지만 언제나 나 자신과는 함께였다. 전대미문의 재난이 닥쳐도 자기 자신이 될 수는 있었다. 나 자신과의 거리 0미터. 모두와 떨어진 시기는 나 자신이 되기에 탁월한 기회였다. 나는 예상 밖의 충만한 시간을 보내고 2주간의 격리를 무사히 마쳤다.

그 뒤로 계절이 두 번 바뀌고도 거리두기는 계속되었다. 습관이자 직업이었던 나의 여행은 설 곳을 잃었고, 열 시간의 비행을 견뎌야만 만날 수 있는 애정 어린 도시들과도 멀어졌다. 어떤 글을 써야 할지 막막했다. 마치 재료 없이 요리하라는 주문을 받은 것 같았다. 그러나 책상 앞에 앉아 집중하자마자 생전 만난 적 없던 여행이 시작되었다. 그것은 지금을 붙잡아 쓰는 여행이었다. 과거와 미래를 현재로 끌어와 아낌없이 손질해 삶고 튀기는 글이었다. 펄떡거리는 순간들을 모두 사건으로 치부해 집요하고 생생하게 적어 내려갔다. 그것은 눈길을 주지 않았던 사소한 삶의 조각들이었다. 달콤하고 평화롭지만 너무 작아서 알아챌 수 없는 것들이었다. 나 자신에게 밀착된 생활은 그들의 윤곽을 보다 선명히 볼 수 있게 해주었다. 역설적이게도 나는 이토록 여행 같은 글을 써본 적이 없다. 삶은 그 자체로 사건이었고, 여행은 장소의 이동이라는 고정관념을 벗어나 무한해졌다. 글은 그 모든 것을 가장 근사하고 진솔하게 담는 그릇이 되었다.

나 자신과의 좁아진 거리를 눈치챈 건 나뿐만이 아닌 것 같았다. 사람들은 끝내 자기만의 방으로 들어갔다. 그들은 책이나 가구, 꽃을 전보다 더 많이 소비했고 외면이 아닌 내면을 향하려는 시도가 많아졌다. 그동안 너무 바쁜 탓에 만나지 못했던 자신과 만났다.

거리두기로 인해 나 자신뿐 아니라 사람들과도 더욱 각별해졌다. 말뿐인 관계들은 자연스레 정리되었고, 막역한 사람들과의 절실한 약속만을 드문드문 계획했다. 자주 못 보게 된 친구들을 그리워할 틈이 생겼다. 그 어느 때보다 자주 연락을 주고받고 아침 커피 앞에서 손 편지를 적었다. 전에 없던 애틋함이 생겨 그들과의 미래를 좀 더 구체적으로 상상해보기도 했다.

눈에서 멀어지면 마음에서 멀어진다는 말이 있다. 과학적으로 증명되었다는 사실 따위 알게 뭔가. 나는 그 어떤 때보다 나 자신과 나를 둘러싼 주변과 친밀해졌다고 느낀다. 거리는 멀어졌어도 우리의 '사이'는 멀어지지 않는다.

후쿠오카

노부부

|

2016년 봄, 콘텐츠를 만드는 작은 채널에서 섭외를 받아 후쿠오카로 떠났다. 2박 3일의 일정에 딸린 인원은 카메라맨, 방송작가, 촬영 보조자까지 총 세 명. "작가님이 원래 하던 대로 여행하세요!" 제작진의 배려로 원래 하던 대로 에어비앤비를 예약하고 가벼운 짐을 꾸렸다. 하네다공항에서 내려 처음 도착한 곳은 1979년에 오픈한 카페였다. 나무를 깎아 글씨를 새긴 아기자기한 알림판과 연두색 수국이 입구를 장식하고 있었다. 낡은 프라이팬 위에선 계란 반숙이 익고 있었고, 제각기 사연을

간직한 듯한 손님들이 드문드문 앉아 있었다. 오래된 곳이 주는 묘한 떨림이 우리를 잠시 침묵하게 했다. 앞치마를 두른 할머니는 친근한 냄새를 풍기는 가정식을 만들고 있었고, 할아버지는 커피를 내리고 있었다. 40년 된 카페는 이미 그 자체로 걸작이라 잠시 그 속에 머물러 있기만 해도 오늘 촬영은 성공이었다.

하지만 기대와 달리 우리는 거절당했다. 퇴짜를 맞고 카페 앞에서 멍하니 서 있었다. 나는 당황한 취재진에게 주인 할아버지를 설득할 수 있을 것 같다고 말했다. 사실 걱정이 되지 않았던 것은 아니다. 긴장한 탓에 풀이 죽기도 했고, 준비가 부실했던 상황에 실망하기도 했지만 용기를 내는 건 내 일이었다. 우리는 쭈뼛쭈뼛 다시 카페로 들어갔고 할아버지는 의아한 표정을 지으셨다. 나는 바에 앉아 냉커피를 주문한 뒤 가게가 너무 멋지다는 말부터 꺼냈다. "스고이"라는 말 한마디와 호들갑 떠는 표정 하나면 의사소통에 무리가 없었다. 나는 원래 능청스러운 편이 아닌데도 여행만 오면 잠시 넉살 좋은 사람이 되었다. 일주일 전부터 준비했던 어설픈 일본어 몇 마디로 나를 소개했다. "나는 스물여섯 살입니다. 나는 한국에서 왔습니다. 나는 글을 쓰는 사람입니다. 당신의 가게가 무척 마음에 들어요. 반갑습니다."

그렇게 냉커피를 홀짝이며 바에 앉아 있었다. 마치 거절당한 적이 없었다는 듯이. 할아버지의 경계심이 조금씩 누그러지는 게 보였다. 나는 소니 즉석 사진기를 꺼냈다. 그는 눈이 휘둥그레져 내 기대보다 훨씬 더 사진기를 신기해했다. "소니, 테크닉, 그레이트, 굿!" 할아버지는 애쓰는 내가 귀여워 보였는지 씩 웃으시며 바 뒤로 들어와 같이 사진을 찍자고 했다. 제작진의 눈이 휘둥그레졌다. 제작진은 자연스럽게 할아버지와 나를 영상에 담았다. 수프가 끓고 있는 오픈 키친으로 들어가 빈티지 잔이 모여 있는 벽을 배경으로 사진을 찍었다. 할아버지는 내가 뽑아준 즉석 사진을 가게 벽면에 붙였다. 머쓱하게 웃는 그와, 쨍하게 웃는 내가 그 사진 속에 담겨 있었다. 우리는 반갑게 작별했다.

다음 일정은 문구 편집숍 구경이었다. 그곳에서는 직접 노트의 표지와 내지를 골라 자신만의 노트를 만들 수 있었다. 쓰이지 않은 한 권의 책을 만드는 일이었다. 한바탕 구경을 마치고 나오는데, 그 가게의 대표 유이치 씨가 근처 좋은 음식점을 알려주겠다며 우리를 직접 자기 차에 태워 그곳까지 데려다주었다. 덕분에 우리는 현지인만 찾는 맛집에서 만족스러운 점심식사를 할 수 있었다. 잘 모르는 이의 친절은 어색한 사랑이 담겨 있어서 그것이 어떤 의도였건 간에 기분이 좋아진다. 여행이란 현지인의 미소로 하루의 기분이 결정되기도 하는 것.
촬영팀과 나는 2박 3일 내내 이런 우연들을 카메라에 가득 담을 수 있었다. 촬영팀은 연신 내 사기를 북돋웠다. "작가님,

역시 여행의 연륜이 느껴지네요!" 하지만 내가 잘해서 된 일이 아니었다. 내가 한 일이라고는 진심으로 상황을 대하는 것뿐이었다. 그러면 우연은 자기 순서가 되었을 때 튀어나와 주었다.

이틀 동안 촬영이 계속되었다. 놀랄 만큼 거대한 까마귀가 산책을 하는 공원에서 알밤을 먹고, 강가에서 생각에 빠지고, 서점 주인과 사인된 책을 교환하는 일 모두 훌륭했지만 내 마음 깊숙이 남은 것은 숙소에서의 일이다. 내가 이틀 동안 묵은 곳은 은퇴한 중년 부부와 겁쟁이 고양이가 사는 작은 아파트였다. 욕실과 거실 겸 부엌을 공유하고 혼자 잘 수 있는 방이 마련되어 있었다.

첫날 촬영을 마치고 축 늘어진 채 집에 들어갔을 때 주인 아저씨는 이미 잠들어 있었고, 아주머니가 나를 반겨주었다. 대충 짐을 풀고, 씻고 머리를 수건으로 감아올린 얼굴로 아주머니와 식탁에 마주 앉았다. 그는 꾸미지 않아도 빛이 나는 여자였다. 연한 화장, 얇은 머리칼의 단발머리, 다정하고 절제된 말투, 세련되고 우아한 얼굴, 감탄할 만한 분위기. 우리 엄마 말고 이렇게나 소녀 같은 중년여성을 본 적이 없었다. 하루는 저물고 있었지만, 그 공간에서 다시 여행이 시작되는 듯했다.

그는 시리도록 깨끗한 유리컵에 찻잎을 우린 물을 내주더니 번역기를 이용해 대화를 시도했다. 형제는 몇 명인지, 무슨 일을 하는지, 일본에 와본 적은 있는지. 누구나 할 수 있는 대화였는데 이미 그에게 반해버린 나는 무슨 말이든 더 열심히 대답했다. 그는 백화점의 화장품 코너에서 일한다고 했다. 너무 아름다운 사람은 지극히 일상적인 삶조차 영화로 만들어버리기 때문에 나는 그가 신제품의 기능을 외우고 화장품을 색상 별로 단정히 정리하는 모습을 상상하며 이보다 더 영화 같은 장면은 없으리라 생각했다. 화장을 못한다는 나의 말에 그는 조금 상기된 어투로 뭐라고 이야기하더니, 번역기를 내밀어 보여주었다. "당신은 화장하지 않아도 됩니다. 얼굴이 깨끗해서 괜찮아." 예쁜 사람은 다른 사람을 예쁘게 보는 심성 때문에 더 예쁜 건지도. 그와 이미 정이 든 것 같았다.

둘째 날 계획했던 촬영을 무사히 끝냈다. 기념으로 제작진과 맥주를 한잔하러 식당에 들렀다. 아쉽게도 나에게 허락된 것은 그날 저녁뿐이라서 숙소 주인 부부가 지난밤 제안했던 저녁 식사에는 함께할 수 없었다. 기다리고 있다는 문자와 시간이 걸릴 것 같다는 문자가 계속 오갔다. 술자리에서 벗어나는 일이 생각보다 쉽지 않다는 것은 회식을 해본 사람이라면 잘 알 것이다. 팔이 부러지지 않는 이상 딱히 벗어날 핑계가 없는 것이다. 나는 쌀쌀맞은 출연자로 오해받을 용기도 없었다.

곡절 끝에 집에 도착하니 아저씨가 나를 기다리고 있었다. 아주머니는 퇴근 후 나를 기다리다가 먼저 잠들었다고 했다. 나는 그와 정다운 이야기를 나누며 아쉬움을 만회하리라 다짐했다. 식탁에 마주 앉아 그의 이야기를 들었다. 장난기 가득한 그의 얼굴을 보고 있자니 부부가 미녀와 야수처럼 여겨졌다. 그는 재치 있고 다정다감 했지만 분명 미남은 아니었다. 아마도 단연 미인인 아내에게 그는 한눈에 반했을 것이다. 혹은 그 반대일지도 모르겠다. 어쩌면 그에게 분명 짧은 시간 내에는 알 수 없는 매력이 있으리라. 젊은 시절에 무엇이 그들을 커플로, 그 이후에는 평생을 함께할 부부로 만들었는지 궁금했다. 그러나 그런 심오한 이야기를 번역기로 나누기에는 한계가 있었다.

그는 아주머니를 위한 점심 도시락을 싸고 있었다. 셰프였던 그가 평생을 바친 '요리'라는 감각이 2단짜리 도시락에 고스란히 담겼다. 파슬리를 뿌린 고슬고슬한 밥과 계란말이, 구운 새우와 소시지, 미니 돈가스까지. 나는 그가 고운 보자기로 도시락을 싸는 장면을 구경했다. 그와 '잘 자라'는 인사를 주고받고 밤이 지났다.

마지막 날 아침 9시. 집주인 부부와 식탁에 둘러앉았다. 연한 귤색 식탁보 위에 빵과 계란, 샐러드, 갓 내린 따끈한 커피가 놓여 있었다. 커튼은 활짝 걷혀 있었고, 식탁 바로 옆 수납장 위에 놓인 옛날식 TV에서는 아침 뉴스가 흘러나왔다. 나는 부은 얼굴로 "소금 쿠다사이" "커피 쿠다사이"를 연신 옹얼거렸다. 허물없는 오전의 광경이 눈앞에서 벌어졌다. 그들에게는 매일 반복되어 큰 의미가 없는 모습으로, 내게는 꼭 기억하고 싫어 불안하기까지 한 생경한 아름다움으로. 나의 후쿠오카는 이 식탁에서 머문 30분으로 기억될 것 같았다.

알아듣지 못하는 그들의 대화를 귀담아들었다. 토닥거리는 듯 정겹기도 하고 앙증맞기도 한 일본어 특유의 높낮이로 일 상의 말이 오갔다. 나는 내용을 상상하며 커피를 두 잔째 마셨 다. 아마도 이런 내용이 아니었을까 싶다.

"작은애가 이번 주말에 올라온다는데 사거리에 있는 이탈리 아 식당을 예약해놓을까?" 혹은 "욕실에 수세미 바꿀 때가 된 것 같아." 혹은 "여보, 지난달에는 관리비가 덜 나왔어." 같은 말일지도 모른다.

아저씨는 귤을 먹다 말고 파일 하나를 꺼내서 다시 자리에 앉았다. 그는 자신과 자신의 가게를 다룬 신문기사 스크랩을 보여주며 자랑했다. 아주머니는 그가 동네에서 제일가는 요리 사였다고 아저씨 대신 말해주었다. 그 자랑 몇 마디로 그들의 견고한 사랑이 느껴졌다. 어쩌면 그런 한결같음이야말로 좀처 럼 얻기 힘든 사랑의 한 종류가 아닐까 싶었다. 나는 기한 없이 방석 위에 질펀하게 오래 앉아 있고 싶었다. 식사를 마치고 일 어서려는데 아저씨가 냉장고에서 프랑스산 버터를 꺼내 선물 이라며 주셨다. 나는 답례로 이곳에 올 때 엄마가 싸 주신 홈메 이드 복숭아 잼과 내 책 두 권을 선물했다. 그리고 지난밤 쓴

편지도 함께. 번역기를 돌려 완성한 일본어 편지의 끝엔 이런
말을 적어두었다.

⋮

키 큰 한국 아가씨.
복숭아 잼.
Don't forget!
나를 잊지 마세요.

그 후로 몇 개월 뒤 한 독자분으로부터 연락이 왔다. 자신이
후쿠오카의 한 가정집에 묵게 되었는데 주인 부부가 한국 사
람이 쓴 책이 여기에 있다며 자랑을 하셨다고 했다. 그가 보내
온 사진 속에는 내 작은 책 두 권이 그 집 거실 귀퉁이에서 반
짝이고 있었다.

심야

서점

학생 시절 일본 작가 에쿠니 가오리의 책을 자주 읽곤 했다. 나는 늘 책에 나온 도쿄를 동경했다. 책 속에는 가끔 서점이 등장했다. 특별한 점이 있다면 그 서점은 새벽 늦게까지 열려있다는 것이다. 작가는 한밤중에 부부 싸움을 하고 난 뒤 호텔이나 술집, 24시간 영업하는 패밀리 레스토랑에 가기가 좀 뭐 할 땐 아오야마에 있는 그 책방에 간다고 썼다. 술 취한 사람들도 모두 귀가한 깊은 밤, 교차로의 불빛만 깜빡이는 거리에서 화난 탓에 대차고 또렷한 기운으로 그가 택시를 잡아타는 장면을 상상했다. 그는 서점에 도착한 심정을 자신의 책《당신의 주말은 몇 개입니까》에서 이렇게 묘사했다.

> "나는 바보스러울 정도로 안도한다. 안전지대로 뛰어들었다는 느낌."

서점은 마음속 작은 균열들을 꼼꼼히 메꿔주는 요령을 가지고 있다. 종이 냄새, 어느 정도의 부피를 보장하는 책만의 미감, 기분 좋은 무게감, 한 손에 들어오는 크기에 세상을 두루 담은 수수함. 판매대의 광고마저도 거리의 간판들만큼 상업적으로 보이지 않는다. 책이라는 면죄부를 통해 그곳은 어느 정도 순수하고, 어느 정도 경건한 공간으로 여겨진다. 특히나 그가 말하는 대형 체인 서점이라면 아늑한 익명성마저 보장된다. 그것은 도시에 사는 이의 즐거움이다. 서점은 익명성을 보장하면서도 소속감을 주는 엉뚱한 인과관계를 가진 유일한 장소다.

새벽에 책방에 가는 것은 어떤 기분일까. 잠을 배신하고 홀로 쌩쌩하게 글자들을 마주하는 흥분은 어떤 것일까. 아쉽게도 우리나라에는 그런 서점이 아직 없었다. 나는 그런 핑계라면 부부싸움을 자주 해서라도 특정 시간에 자주 나타나는 단골이 되었으리라 생각했다. 그러다 도쿄 여행을 떠나게 됐다. 2015년 봄이었다. 나는 대부분의 시간을 걷는 데 할애했다. 주로 머물던 지역은 나카메구로와 다이칸야마였다. 나카메구로는 벚꽃으로 유명한 강 주변으로 조용한 산책로와 아기자기한 상점들이 있었고, 언덕을 오르면 고급 상점들과 저택들이 별천지처럼 펼쳐진 동네 다이칸야마가 나왔다. 한국으로 치자면 한남동과 청담동, 평창동을 3분의 1씩 섞은 분위기였다. 그 거리에는 유명한 팬케이크 식당과 덴마크 대사관, 유럽이라고 깜빡 속을 만큼 이국적인 노천카페, 웨딩드레스 숍, 고급 헤어살롱, 꽃집, 갤러리가 줄지어 화려하게 빛났다. 길거리는 방금 청소한 것처럼 반짝였다.

그런데 수많은 건물을 뒤로하고 그 거리의 주인공이 되는 것은 서점이었다. 많은 사람들이 그 서점으로 향하고 있었다. 나를 앞질러 가는 자전거가 서점 입구의 고목 앞에 세워졌다. 나는 홀린 듯 그 서점으로 진입했다. 영업시간을 보고서 속으로 환호성을 외쳤다.

AM 7:00 ~ AM 2:00

서점의 첫인상은 어딘가 색달랐다. 특별하다, 예쁘다, 근사하다도 아니었고, 그저 무언가 '달라' 보였다. 나는 기대감으로 두리번거렸다. 자전거들이 세워진 큰 나무를 지나 노란 불빛들이 은은하게 비추는 안은 부촌 특유의 여유로움과 알싸한 밤공기로 가득했고, 통유리로 된 3층짜리 건물 세 개가 하나의 세트처럼 이어져 있었다. 건물 사이사이는 입구에 있는 것만큼이나 거대한 나무들을 필두로 한 조경, 고급 리조트에 있을 법한 어두운 톤의 의자, 테이블, 파라솔들이 어우러져 있었다. 세 건물을 관통하는 것은 세계의 모든 잡지를 가져다 놓은 듯한, 일명 '매거진 스트리트'로 가장 많은 사람이 모이는 장소였다. 1층은 서적, 2층과 3층은 영화 DVD, 음악상품들과 자료들로 채워져 있었다. 특이한 점은 1층에 스타벅스가 있어 책을 구매하지 않아도 어디서든 책과 커피를 즐길 수 있다는 점이었다. 덕분에 공간은 커피 냄새와 종이 냄새로 가득 차 있었다. 모던한 건물 외벽, 미색의 바닥 시멘트, 노란색 조명등, 푸른 식물들이 아주 잘 보존된 자연처럼 조화를 이루고 있었다. 사람들이 가득 차 있는데도 비밀스럽고 사적인 분위기를 풍겼다. 비밀 정원 같았다.

나는 한국에서는 구하기 힘들었던 외국 잡지 네다섯 권을 품에 안고 자리를 골라 앉았다. 어느 좌석이든 세 개의 엑스 표시와 한 개의 동그라미가 표시되어 있었다. 노트북, 공책, 스마트폰에는 엑스 표시, 동그라미가 허락된 건 책뿐이었다. 책만 읽으라는 신호였다. 창가에 앉아 책에 코를 박은 사람들이 보였다. 오늘 이 서점을 방문한 사람들은 이 서점의 하루치 광고모델이었다. 책을 읽는 사람을 보면 책을 읽고 싶어진다. 책 읽는 사람들이야말로 이 서점을 서점답게 만드는 명장면이었다. 생산적인 침묵 속에서 나는 스마트폰을 호주머니 깊숙이 넣어두고 마음과 눈동자만 달구며 시간을 보냈다.

결국 책을 왕창 구매했다. 그리고 새벽 1시까지 머물렀다. 나올 때마저 아쉬워 고개를 돌려 직원들만 남아있는 서점을 계속 바라보았다. 이토록 아름다운 서점을 본 적이 없었다. 멀리서 보면 미술관이라고 착각할 정도였다. 자정이 넘은 시각 책방에 서 있는 기분은 어떠한 자극도 없이 평탄한 행복이었다. '내가 이렇게 행복해도 되나?'라고 묻기보다 그저 잔잔히, 그 행복 속에서 머무는 기분. 단순히 '새벽에 여는 서점'을 기대했던 내게 이 서점은 총체적인 경험을 안겨주고 말았다. 매력이 철철 넘치는 사람을 만나고 집에 돌아갈 때 온기를 다 써버린 탓에 진이 빠지듯, 나는 숙소로 돌아가자마자 깊은 잠에 빠졌다.

그리고 한국으로 돌아오자마자 그 서점을 만든 사람의 책을 샀다. 성공한 사람들의 이야기가 흔히 그렇듯 그도 넓은 부지의 비싼 땅을 사들였을 때 반대에 부딪혔다고 했다. 교통편이 좋지 않은 곳에 누가 일부러 책을 보러 오겠냐고 말리는 이들도 많았지만, 그에게는 확실한 꿈이 있었다. 그는 멋진 카페에 앉아 커피를 마시며 책을 읽는 공간을 꿈꿨다. 심야 운영도 '그런 공간이 있다면 얼마나 좋을까' 하는 단순하고 솔직한 바람에서 시작되었다. 그는 책을 책 자체로 팔지 않고 제안을 판매했다. 그의 말을 빌리자면 책은 한 권 한 권이 하나의 제안 덩어리였다. 그 속에 깃든 라이프스타일과 공간을 팔았다. '쓰타야 서점'은 서적을 단순 분류하지 않고 제시하고 싶은 라이프 스타일을 기준으로 분류해 소개했다. 그 결과 1983년 시작한 작은 책방은, 일본 전역 1,400곳이 넘는 매장으로 발전했다. 그 중에서도 다이칸야마 지점은 세계에서 가장 감각적인 서점 중 하나로 손꼽힌다.

그의 책은 마치 냉철한 동화를 보는 듯한 느낌을 주었다. 해 피엔딩이라서가 아니라 그가 가장 많이 언급한 단어가 '꿈'이 었기 때문이다. 성공한 최고경영자의 글에 등장하는 말치고는 꽤 몽롱한 단어였다. 그는 현실이 아니라 꿈에 의존했다. 그는 꿈을 재료로 꿈을 이룬 현실주의자가 되었다. 그의 일은 돈벌 이만이 아니라 비전이나 목적에 바탕을 둔 일이었다. 그에게 꿈은 기획할 때 가장 구체적인 출처가 되었다. 시적인 단어들 은 그의 말속에서 사업 기술로 변신하는 데 성공했다. 기획력 의 원천은 끝까지 꿈을 잃지 않는 마음, 불가능한 일을 떠안는 용기, 변명하지 않고 피하지 않는 각오가 되어 있는 상태라고 그는 말한다.

꿈이 목적이 되자 사람들은 심야에도 책을 읽을 수 있게 되 었다. 아늑함과 치열한 사유가 들어 있는 공간에서만 느낄 수 있는 밀도 높은 설렘 속에서. 나는 그의 동화 같은 성공 스토리 를 읽으며 인생은 현실뿐 아니라 꿈과 사랑으로 만들어진다는 책의 한 구절을 떠올렸다. 꿈이 없음은 내 삶에 대한 결례일 수도 있다는 생각을 처음 해보았다.

한 사람의 꿈이 만들어낸 세계는 밝고 깨끗하다. 그래서 그
것은 모든 사람들의 마음속에 침투해 또 다른 꿈을 만든다. 꿈
을 가지고 묵묵히 걸어 나갈 수 있는 사람. 불빛이 꺼지지 않는
서점은 만든 이의 마음과 무척 닮았다. 그 후 도쿄를 세 번 더
다녀왔다. 그 서점이 내게는 도쿄 타워나 돈가스 같은 어떤 상
징이었다. 나는 오래 그 장소에 머물렀다. 사람들이 커피를 마
시고 책을 읽을 때 나는 혼자 딴생각을 했다. 나는 어떤 제안이
될 것인가, 어떤 기획을 거쳐 어떤 장소가 될 것인가. 아침 7시
부터 새벽 2시까지 나는 어떤 불빛으로, 어떤 꿈으로 나 자신
을 밝혀두어야 할까. 사람들의 물결 속에서 고민했다. 내게 남
아있는 꿈을 세어보기도 하면서.

내 안의

섬

솔직히 말하자면 공공장소에서 책을 읽는 이유 중 하나는 예뻐 보이고자 함이다. 잘 보이고자 하는 사람이 있다면 나는 일부러 30분 일찍 약속 장소에 도착해 책을 읽고 있을 것이다. 읽는 모습만이 풍기는 미의 형태가 있다. 나는 책이라는 문학적 액세서리를 들고 다니기 시작했다. 내가 그렇게 된 건 어느 가을날에 만난 한 장면 때문이었다. 베를린에서 만났던 친구를 최근 다시 한국에서 만난 날이었다. 우리는 서촌의 한 숙소에 묵기로 했다. 맥주를 따자마자 이야기는 한층 깊어졌고, 우리는 그 속도가 지체되지 않았으면 하는 마음에 우선 씻고 옷을 갈아입기로 했다. 먼저 씻고 나왔는데 친구가 책을 읽고 있었다.

"무슨 책 읽어?"

내 물음에 그는 한강 작가의 소설을 읽고 있다고 대답했다. 나는 그가 챙겨 다닐 만큼 그렇게 책을 좋아하는 사람이었던가 잠시 생각했다. 스마트폰 대신 책을 보고 있는 모습은 문득 낯설어 오히려 아름다웠다. 그를 정의하는 말에 '책 읽는 사람'이라는 말 하나가 추가된 밤이었다. 우리는 줄곧 책에 대해 말했다. 그는 처음 만났던 2년 전처럼 질문이 많았다.

"책을 읽는 사람은 무조건 예뻐 보이잖아. 교보문고에 쭈그려 앉은 할아버지나 애기들이나 전부. 왜 그럴까?"

"내가 보기엔 종이책이 시대를 거꾸로 가는 매체라서 그런 것 같아. 희귀하잖아, 책을 읽는 모습이라는 게. 스마트폰을 보는 행위가 덜 예뻐서가 아니라, 그것의 흔함이 책 읽는 사람들의 희귀함을 돋보이게 해서겠지. 눈에 띄어."

"몰두하는 모습이라서 멋있어 보이기도 해. 책을 읽으려면 어느 정도의 의지가 필요하잖아."

"맞아. 책을 읽으려는 자세에서 나오는 일상적인 오라aura가 있어. 그 의지가 꼭 다른 매체보다 숭고하다는 건 절대 아니지만. 몰입은 하나를 선택하고 나머지를 전부 포기한다는 점에서 독서와 가까운 것 같아. 무언가에 집중한 사람은 참 예뻐."

책 읽는 사람들이 높은 확률로 예뻐 보인다는 것은 유럽을 여행하며 깨닫게 된 사실이다. 많은 이들이 어디서든 아무렇게나 앉아 책을 읽었다. 그들의 모습이 보기 좋았던 것은, '책 읽기'가 무조건적인 선이나 도덕적인 우월을 뽐내는 행위가 아니라 그저 삶 귀퉁이에 스며든 자연스러운 습관 같았다는 점에서다. 그곳에서 독서는 특별한 풍경이 아니었다. 화분에 물을 주거나 볕이 좋을 때 창문을 여는 일이 특별하지 않은 것처럼.

하지만 내게 책은 평범한 사물이 아니었다. 독서를 일상으로 만들기 위해 매번 결심이 필요했음을 고백한다. 책을 집어 들기까지가 매번 가장 힘들었다. 괜스레 목덜미가 간지럽고, 보고 있던 드라마의 결말이 궁금해졌다. 세상에는 재밌는 게 너무 많았다. 그 모든 유혹을 포기해야만 시작된다는 점에서 독서는 불편하고 썼다. 읽는 동안에는 모든 연결을 포기해야 했다.

책을 읽기 시작하면 창조적인 사람이 되어야 하는 임무가 주어진다. 완성된 것을 감상한다기보다 머릿속에 나만의 상상을 만들어야 한다. 그러다 몇 쪽이 넘어가고, 구체적인 세계가 구현되면 그때부터는 굳이 노력하지 않아도 된다. 집중력에 가속도가 붙는다. 특히나 마음에 드는 부분을 발견하고 첫 밑줄을 긋는 순간에 우리는 독서를 위해 포기한 모든 유혹을 보상받는다. 자발적인 사랑이 시작된다. 그때부터는 누가 시키지 않아도 책을 읽게 된다.

책에 마음을 뺏기는 일이 쌓이면, 책이 하나의 섬이 되는 경험도 할 수 있다. 책은 장소에 구애받지 않는 한 권의 열차표이자 섬이다. 몸이 어디에 있건 정신은 책으로 도망칠 수 있는 것이다. 나는 이제 외출할 때 책을 챙기지 않으면 불안하다. 어디에서건 내 안의 섬이 필요할 때마다 책으로 도망친다. 내가 만들어놓은 세계에 머무는 것만큼 안전한 일은 없었다. 다시 친구가 물었다.

"책을 왜 읽는다고 생각해?"

"책을 읽는 건 우는 거랑 비슷해. 울고 나면 불필요한 옷을 집어던진 듯 개운해지는 것처럼, 창피하지만 시원해지지. 한 꺼풀씩 벗겨지는 거야. 겉치레, 다 알고 있다는 오만, 이미 충분하다는 어정쩡한 안주 같은 게."

책들 앞에서 나는 더러 울기도 했다. 독서는 내게 감탄과 절망을 반반씩 주었다. 나를 작아지게 했고 허접한 사유를 들통나게 했다. 부족함을 직면하는 일은 생각보다 처절했다. 그럼에도 읽는 일은 나를 쓰게 만들었다. 다른 글을 질투하고 자신에게 실망하는 일은 책을 쓰기 위한 필수 조건이었다. 한숨을 크게 한 번 쉬고 나면 뜻밖에 부푼 용기로 다시 글을 쓸 수 있었다. 내가 내세울 능력은 이 세 가지였다. '나의 부족함을 정확히 파악하기, 그 부족함을 전제로 예민해지기, 못난 내 글을 견디고 계속 써보기.'

글을 쓰는 사람으로 평생을 살고 싶다 생각했을 때, 읽어야할 책의 목록이 수두룩 떠올랐다. 《어린 왕자》부터 읽었다. 그리고 읽었다는 거짓말을 하는 게 지겨웠던 작품들을 모조리 찾아 주문했다. 닥치는 대로 책을 읽었다. 읽는 만큼 전혀몰랐던 세계를 배우게 되어 조바심이 났다. 책의 세계는 무한했다. 그러나 탁월한 책들을 더 일찍 읽지 못했다고 후회하지는 않았다. 나의 때가 단지 지금이라고 스스로를 달랬다. 조앤 디디온과 도리스 레싱을 학생 때 읽었다면 그 감동은 지금처럼 뜨겁지 않았을 거라고 믿었다. 좋은 책을 만나는 때는분명 사람마다 다를 것이다. 나는 후회하는 대신 서둘러 카뮈와 한트케를 읽었다. 아직 읽지 못한 작품들이 많이 남아있음에 안도하면서. 그간 놓친 시간에 아쉬움이 몰려올 때마다 읽는 글이 있다. 카뮈가 스승 장 그르니에의 책《섬》을 두고서 쓴 서문이다.

"길거리에서 이 조그만 책을 펼쳐본 후 겨우 그 처음 몇 줄을 읽다 말고는 다시 접어 가슴에 꼭 껴안은 채 마침내 아무도 없는 곳에 가서 정신없이 읽기 위해 내 방까지 한 걸음에 달려갔던 그날 저녁으로 나는 되돌아가고 싶다. 나는 아무런 회한도 없이, 부러워한다. 오늘 처음으로 이 《섬》을 펼쳐 보게 되는 저 낯모르는 젊은 사람을 뜨거운 마음으로 부러워한다."

돌아보니 나도 어떤 책을 감명 깊게 읽었을 때, 그 책을 이미 읽은 사람보다 아직 읽지 않은 사람을 더 부러워했다. 책이 너무 좋으면 시간을 되돌려 그 책을 처음 느낌 그대로 다시 읽어보고 싶기도 했다. 가끔 그런 책을 만날 때가 있다. 아껴서 읽고 싶은 책. 책을 사랑하는 마음으로 그런 책들을 꾸준히 만나다 보면 나도 언젠가 그런 책을 쓸 수 있을지도 모른다는 희망이 내게 있다.

손
님

여행에서 빌려 읽은 책은 오래 기억에 남는다. 타국에서 마주
한 한글은 유난히 반갑게 느껴진다. 이는 이방인으로서 겪는
언어의 긴장으로부터 나를 해방시켜 잊고 있던 모국어의 쾌감
을 맛보게 한다. 스물일곱에 맞은 파리의 겨울, 책을 찾으려고
좁은 자취방을 뒤지던 친구의 뒷모습을 기억한다. 중고로 구
한 책이라며 건넨 것은 전혜린의 수필집《그리고 아무 말도 하
지 않았다》였다. 소망, 탐구, 권태, 우울, 방황에 잠겨있는 그의
글은 작가 전혜린이 스물한 살, 서울대학교를 다니다 뮌헨으로

떠났던 1955년부터 쓴 글이다. 낭만적인 글의 온도는 20대를 통과하고 있는 사람이 읽기에 적절했다. 나는 카페에서, 지하철에서, 숙소의 이층 침대에서 그 책을 읽었다. 글을 읽어 내려가며 나는 그와 함께 뮌헨 공항에 내렸다. 그는 빈방에 세를 들고, 침대 밑에 트렁크를 넣고 거리로 나갔다. 강의를 듣고, 학우들과 카페에 가서 크림 커피 한 잔으로 점심을 때우는 방법을 익히고, 골목 구석구석을 걸어 다녔다. 그는 자신이 거주하던 뮌헨 북구의 '슈바빙' 일대를 귀하게 여기며 특별한 애정을 드러냈다. 슈바빙은 독일의 몽마르트르라고 불릴 정도로 자유롭고 독특한 분위기가 있었다. 그가 지은 한 챕터의 제목이 이곳을 한마디로 표현해준다. 〈와이셔츠 단추를 푼 분위기〉.

슈바빙을 포함해 뮌헨 전체는 비인습적이고 선량한 도시였다. 그중에서도 슈바빙 지역은 예술을 사랑하는 청춘이라면 꿈꿔보았을 법한 이상적인 생활이 있는 곳이었다. 매일 밤 곳곳에서 시 낭독의 밤이 열리는 곳. 맥주 한 잔을 시켜두고 밤새 토론하는 학생들을 조금도 눈치 주지 않는 식당 주인. 누구나 조금씩 더러운 옷을 입어서 깨끗한 옷차림이 되레 우습게 보이는 도시. 이방인, 방랑인, 집시를 환영하는, 인종적 편견이 조금도 없는, 미래나 빈곤에 대한 걱정은 잊어버린 채 마치 젊음이 영원할 것처럼 현재에 매진하는 청년들이 모인 곳. 그곳은 기계 문명 속에 아직도 한 군데 남아있는 낭만과 꿈의 지대였다.

그의 표현을 빌리자면 슈바빙에서는 "가난이 수치 대신 어떤 로맨틱을 품고 있고, 흐트러진 머리가 자유를 표시한 것으로 간주"되었다. 책 속의 그곳은 어린 학생들을 조건 없이 포용해주는 공간이었다. 한 치 앞을 몰라 방황하면서도 포부를 잃지 않는, 젊음을 다 써버릴 용기가 있는 청춘들의 편에 선 도시였다. 그는 아무도 사지 않는 그림을 그리고 아무도 읽지 않을 시를 쓰면서도 긍지를 버리지 않는 학생들에게서 자유를 배웠다고 썼다. 그가 원하는 이상적인 생활은 책 속에서 이렇게 묘사되고 있다.

"목적을 가진 생활, 그 일 때문이라면 내일 죽어도 좋다는 각오가 되어 있는 생활, 따라서 온갖 물질적인 것에서 해방되어 타인의 이목에 구애되지 않는 생활이 그것인 것이다."

_ 전혜린,《그리고 아무 말도 하지 않았다》중

내게는 여행이 그랬다. 여행에서는 느끼고, 걷고, 쓰는 일만이 목적이었다. 여행은 뭔가를 더하는 작업이 아니라 빼는 작업이었다. 움켜쥐고 있던 불필요한 요소들을 잘라냈다. 꼭 필요했던 건 외투 한 벌과 노트 한 권. 물건들은 점점 거추장스러운 무게로만 기억되고 소지품은 단출해졌다. 반면 평생을 가져갈 기억들은 무게가 나가지 않아 무한히 담아 갈 수 있었다. 가벼워진 짐과 초연한 마음 덕분에 홀가분했다. 나는 극단적으로 행복했었다. 확실히 매일매일 무언가를 느낄 수 있는 날들이었다.

그런 시절은 삶에 치명적인 영향을 미친다. 젊은 날의 어떤 경험은 앞으로 남은 삶의 방향을 만들어주기도 한다. 전혜린에게 유학 시절은 그런 사건이었던 것 같다. 그곳에서의 생활에 극도로 매료되어 그 생활 자체가 목적이 된 듯 보였다. 그날들은 떨쳐낼 수 없는 그의 일부가 되었다. 그에게 미래는 앞으로 나아가는 것이 아니라 끊임없이 뒤돌아보는 게 더 자연스러운 방식이었을지도 모른다. 전혜린은 여행해야 행복한 여자였다. 그래서 한국은 다시 돌아갈 곳이 아니라 하나의 간이역쯤으로 여겼을지도. 전혜린은 한국인이라기보다 세계에 속한 사람으로서 존재해야 했다.

그는 유럽의 여러 도시를 너무 많이 사랑했다. 그 도시들의 충만함은 모국과의 커다란 괴리를 만들었다. 뮌헨은 그가 선택한 고향이었으므로 한국으로 귀국 후 향수병을 앓았다. 지금 여기에 없는 무언가를 갈망한 탓에 귀국 후의 글에는 우울이 배어있었다. 그의 괴로움이 나에게 닿을 정도였다. 그는 스스로를 기성품 같은 서른 살이라 토로할 만큼 괴로워했다. 나는 그가 애수의 본체처럼 느껴졌다. 애수의 사전적 의미는 '마음을 서글프게 하는 슬픈 시름'이었다. 이보다 더 그를 잘 표현한 말이 있을까. 그는 실로 애수의 생을 살았다.

책을 다 읽고도 한참이 지나서야 그가 스스로 생을 마감했다는 것을 알게 되었다. 향년 서른한 살이었다. 책 속에 담긴 흑백의 단발머리 그에게서 처연한 후광이 비쳤다. 그의 짧은 생이 고독으로 칠한 듯 새까맣게 보였다. 그가 느꼈을 치열한 불행함, 생을 포기할 만큼의 좌절감이 무엇일지 가늠해보려 애썼다. 그러다 그가 중학교 때부터 노트에 적고 되새기곤 했다는 말을 기억해냈다.

"절대로 평범해져서는 안 된다."

특별함은 갈구할수록 외로워지기 마련이다. 그는 특별했기에 불행했다. 전쟁 와중이던 1950년의 한국 상황에서 에어프랑스에 올라 최초의 유학길을 떠났던 그. 평생을 지적이고 풍요롭게 살았던 그는 이곳에서, 저곳에서 평생 손님이었다. 홀로 특별했고 그래서 가난했다. 외부의 재앙이 아닌 침체된 자신을 참을 수 없어 모든 것을 상실할 것을 택했던, 자신의 젊음을 박제한 채 떠났던 그. 자기 자신을 파고드는 데 일생을 바친 그의 내면은 전쟁보다 더 공허했을 것이다. 이어령 교수는 그에 대해 이렇게 썼다.

"그는 세계를 보고 왔다. 그래서 그는 서울의 거리에서도, 뮌헨의 카페 앞에서도 '손님'이었다. 그리하여 그 여자는 행복하기를 거부했다. 그 여자는 짧은 생애를 가득한 긴장 속에서 살기 위하여 끊임없는 욕망을 불태웠다. 그리하여 그 여자는 누구보다도 가난했다."

나는 가끔 내가 태어나지 않은 곳에 대한 희한한 향수를 느낀다. 그처럼, 세상의 손님이 되어 떠돌던 시절의 영향이다. 그리움이 심해지면 그의 책을 펼쳐 위안을 얻는다. 그러나 더 이상 특별한 삶, 특별한 나를 갈구하지 않는다. 그 시절은 그 자리에 두고, 평범한 오늘을 산다. 평범을 권태로 착각하지 않으며.

거실 없는

집

이사하는 날이다. 어느 위성도시에서나 볼 수 있는, 오래되고
평범한 아파트 단지로 부모님과 함께 거처를 옮겼다. 우리 집
은 3층이라 베란다에서 아파트 입구 현관이 내려다보인다.
1층 현관을 지날 때쯤 엄마가 창문에 기대 내 이름을 크게 부르
며 이렇게 말했다. "쓰레기봉투, 두 개!" 엄마의 목소리가 가볍
게 울린다. 심부름을 시키는 엄마를 보고 있자니, 꼭 어린아이
가 된 기분이다. 나는 슈퍼를 찾아 뛰기 시작한다. 차분히 걷는
것보다 뜀박질이 더 잘 어울리는 어린아이같이. 피아노 학원,

솜씨 없는 미용실, 스팀 연기가 흘러나오는 세탁소, 작은 화단 등을 가로질러 지름길로 간다.

내 삶에는 집이 많았다. 스물아홉 해를 살면서 스무 번 가까이 집을 옮겼다. 할머니와 함께 살던 집, 바퀴벌레가 자주 출몰하던 집, 북악산 밑의 대단지 빌라, 엘리베이터가 자주 고장 나던 아파트. 그때그때의 나의 시절은 각기 다른 집 안에 들어 있었다. 그 모든 집의 공통점은 거실이 없다는 거였다. 부엌이라고 해봤자 단출한 싱크대가 전부였으니 식탁도 없었고 소파도 없었다. 누군가에게는 필수적이고 당연한 가구들이 내게는 큰 사치였다. 우리가 살던 곳은 대부분 단지 내 놀이터도 없는 10평짜리 아파트였다. 으스스한 복도를 지나 현관문을 열면 신발 열 켤레도 넣기 비좁은 신발장에 싱크대가 맞닿아 있었다. 부엌은 복도였고, 거실 겸 큰 방 하나와 작은 내 방 하나, 그 사이로 공사판의 간이 화장실만 한 크기의 욕실이 있었다.

복도는 언제나 약속이라도 한 듯 스산했고, 비상구 계단은 아무도 이용하지 않았다. 옆집에는 술만 먹으면 폭언을 쏟으려 찾아오는 깡패 아들과 그런 아들을 필사적으로 말리며 이웃에게 사과하기 바쁜 나이 든 아주머니가 살고 있었다. 그런 아파트에서는 어쩐지 사람을 마주치는 일도 잘 없었다. 다들 어떻게 살고 있는 것인지, 저마다의 불행에 시달리느라 햇빛조차 어색한 것인지⋯. 침침한 사람들 그리고 그런 사람들의 이웃인 나.

눈빛이 불안한 어떤 사람과 같이 엘리베이터를 타는 날에는 닫히는 엘리베이터 문을 비집고 나와 도망치기도 했다. 책가방을 멘 꼬마는 위축되었고 슬펐다.

거실이 있는 집을 원했다. 소파에 등을 대고 누워 꽤 멀리 떨어진 TV를 감상하는 집이 부러웠다. 소파는 감추지 않아도 되는 집에 산다는 증거였다. 친구 집에 놀러 갈 때면 나는 복덕방 주인처럼 눈치껏 집을 뜯어보기 바빴다. 친구 어머니가 차려주신 간식을 먹으면서도 온통 집 생각뿐이었다. 딸기 한 입에 평수 생각, 과자 한 입에 거실 곁눈질 한 번.

학교에서의 쉬는 시간은 나를 긴장시켰다. 그것은 내 마음을 수시로 괴롭히는 첫 번째 창피함이었다. 스티커를 구경하면서도 집 평수 이야기가 엉뚱하게 흘러나오곤 했으니 24시간이 긴장 상태였다. 집에 관한 이야기가 시작될 기미가 보이면 나는 천연덕스럽게 화장실을 가거나 애꿎은 거울 앞을 서성였다. 어떤 아파트에 산다는 것을 숨긴다기보다 굳이 말하지 않는 거라고, 떳떳한 척 스스로를 타이르는 데 익숙해졌다. 알아주는 브랜드가 붙은 아파트 단지를 부러워했던 아이답지 못한 아이는 반대편 아파트에서 걸어 나오는 남자애를 자격지심 가득한 눈초리로 흘겨보곤 했다. 속으로 생각했다. '넌 이런 집에 산다는 게 어떤 마음인지 모를 거야.' 그 애가 나를 멍한 표정으로 곁눈질이라도 하면, 꼭 내가 후진 아파트에서 나온 애라 구경하는 것 같았다. 아이들은 천진해서 더 얄밉고 악하기도 했다. 어딘가에서 본 구절처럼 악의적이진 않지만 충분히 모욕 감이 드는 순간들.

　단칸방에 살았던 적도 있다. 살았던 곳 중 가장 좁았던 집. 엄마는 내게 어떤 집으로 이사하는지 미리 알려주지 않았다. 여행을 다녀와서 새집에 도착해 비몽사몽 간에 침대로 발을 내디뎠던 기억이 또렷하다. 신발을 벗고 다섯 걸음을 내디디니 침대에 도착해 있었다. 여분의 방은 없었다. 나는 그저 졸음에 취한 채 눈물을 삼켜야 했다.

　다음 날 아침, 새집을 둘러보는 데는 1분이 채 걸리지 않았다. 옷장 하나, 책상 하나, 침대 하나로 가득 찬 그 공간은 마치 대학생의 첫 자취방처럼 초라했다. 너무 비좁은 나머지 부엌과 화장실은 못난 송곳니처럼 삐져나와 있었다. 침대에 나란히 누운 세 식구와 실망감이 단칸방을 꽉 채웠다.

　그 집에는 다툼이 있었다. 한 시간짜리 잦은 가출이 있었다. 예쁘지 않은 반항과 쾅 하고 닫히는 낡은 문, 말대꾸가 있었다. 가련한 침묵이 있었다. 허름함을 가리기 위해 칠한 페인트 자국이 있었다. 툭 건들기만 해도 날카로운 무언가가 터져나올 준비를 하고 있었다. 나는 감정을 방어하려 마음의 날을 세웠다. 아무도 나를 이해하지 못할 거라는 생각 때문이었다. 억울함과 분노, 외로움을 참고 견디던 나는 예민한 열일곱이었다.

그 시절의 나는 겉으로만 웃고 속으로는 늘 울었다.

마침내 원룸에서 방 두 개짜리 집으로 이사를 갔던 고등학교 2학년 때, 처음으로 친구를 집에 데려왔다. 스스럼없이 집에 데려올 수 있는 친구라곤 그뿐이었다. 방의 구석마다 낡은 가구로 가려진 집에서, 부서질 듯 손을 부여잡은 결핍된 소녀들이 그곳에 있었다. 나는 대외적으로 내세웠던 명랑함을 내려놓고 울었다. 그것은 나 혼자 숨죽여 흘렸던 눈물과는 다른 종류였다. 그것은 좁은 집에 억눌려 있던 슬픔을 날려버리는 울음이었다. 나를 정의하는 단어 중 집 평수를 빼고 대신 우정을 새겨 넣은 날이었다.

그때부터 넓은 거실이 있는 사람을 부러워하기보다 집이 없는 사람을 생각했다. 방이 없는 사람을 생각했다. 형제가 없었기에 내게는 거실 없는 집에서도 늘 작은 방 한 칸이 주어졌다. 나는 형편없이 낡고, 지나치게 아늑한 내 방을 증오했다. 그러면서 동시에 그곳에 가장 오랜 시간 머물렀다. 미움은 무관심보다 훨씬 더 사랑에 가깝다. 미움이라는 끈으로 어떻게든 연결되어 있는 것이다.

"단 한순간이라도 자기 자신과 농밀한 사랑의 시간을 보낼 수 있다면, 삶에 대한 증오는 사라진다."

_요시모토 바나나, 《하치의 마지막 연인》 중

그런 시간은 카페나 길거리에선 허락되지 않았다. 설령 다른 곳에서 시작되었다고 해도 반드시 내 방에 와서야 완성되었다. 나 자신과의 연애를 허락하는 방. 버지니아 울프가 말했던 자기만의 방. 아무런 거리낌 없이 옷과 허물을 벗어던지고 무방비 상태로 머물 수 있는 유일한 곳. 무엇도 염두에 두지 않는 시간. 그 방, 그 새벽 속에서 내 안에 무언가가 싹트는 것을 느꼈다.

꾸준히 그런 새벽이 찾아왔다. 방문을 걸어 잠그고 내가 만든 세계에 빠졌다. 그렇게 혼자 빠져 있노라면 누군가가 나를 감싸고 있다는 기묘한 기분이 들었다. 누군가 내 이야기에 귀 기울이고 있다는 막연한 믿음은 내 안의 모든 이야기를 전부 끄집어내 써 내려갈 수 있는 용기를 주었다.

평생 만들어가야 할 모든 마음이 생성되고 있었다. 글을 쓰기 시작한 것은 그때부터였다. 나 자신을 실감하는 일, 녹슨 생각에 기름칠을 하는 작업, 하루를 한 번 더 살아내는 일을 그 방에서 습관으로 만들었다. 나 자신을 어떤 공간에 넣고 자신도 몰랐던 비밀을 끄집어내는 일이었다. 혼자, 혹은 내 모든 가능성과 함께 깨어 있는 새벽의 방. 시간으로 만들어진 집은 좁지 않았다.

방에서 만든 나만의 생각들로 열 권이 넘는 일기장을 채웠고, 나는 곧 스무 살이 되었다. 성인이 된 내게 누구도 부모님의 직업이나 집 평수를 묻지 않았다. 나는 개인의 능력이나 매력으로만 평가받는 이 치열한 경쟁이 오히려 반가웠다.

그해, 생애 처음으로 거실이 있는 집으로 이사를 했다. 임대 아파트이긴 했지만, 첫 입주로 한껏 들떴던 그날을 생생히 기억한다. 엘리베이터도, 엘리베이터 앞의 거울도, 계단도, 복도도 모두 새것이었다. 호텔에 살게 된 기분이었다. 덜 불행해 보이는 사람들이 살아가는, 정문에서 후문으로 꼬불거리는 길을 걸으면 작은 놀이터와 화단을 지나칠 수 있는 평범한 아파트. 그것을 바랐던 나는 주말에 들어선 알뜰장을 지나치며, 하굣길 아이들의 웃음소리를 들으며, 우리 가족도 평범해질 수 있겠다고 직감했다.

널찍한 공간을 빨리 보고 싶었던 마음에 무거운 박스 수십 개를 밤새 옮기고 짐들 사이에서 잠이 들었던 새벽, 우리 집은 아담했지만 행복했다. 누군가 쓰던 것이지만 상태가 꽤 괜찮은 소파를 들여왔고, 할부로 멋진 식탁도 장만했다. 우리 가족의 첫 소파와 첫 식탁이었다.

그 집에서 보내는 시간은 달랐다. 공간이 조금 더 생겼을 뿐인데 우리 가족은 단란하고 매력적으로 변했다. 집처럼 가족이라는 말을 더 선명하게 만드는 것은 없을 것이다. 시시때때로 든든한 기분이 들었다. 이제 삶의 모든 이야기들이 더 짙고 애틋하게 쓰일 것 같았다. 느긋하고 소시민적인 저녁이 계속되었다. 작은 크리스마스트리를 사보고, 어떤 주말에는 친척들을 초대했다. 모든 게 처음 있는 일이었다. 누군가에게는 여전히 작은 집이었지만 우리에게 그곳은 엄연한 천국이었다.

행복감을 느끼면서도 종종 어릴 적 살던 후미진 아파트의 복도나 엘리베이터에 갇히는 꿈을 꿨다. 꿈속의 나는 그 집 주차장에서 악어 떼를 만나 도망치거나, 험상궂은 이웃과 마주치고 있었다. 그러나 괴롭지는 않았다. 악몽은 더는 나의 현실이 아니었다. 거실이 있는 집으로 겨우 이사를 왔는데 나는 집이 아닌 다른 곳에서 더 많은 밤을 보냈다. 나의 20대는 짧게 빌린 유럽의 집들로 채워졌다. 그리고 스물아홉, 20대의 마지막 이삿날이었다. 이번에도 다행히 거실이 있는 집이었다. 대충 짐 정리를 마치고, 거실에 둘러앉은 우리 가족은 참외를 먹으며 이야기했다.

"30평대 으리으리한 집으로 입주한 소감 한번 말해봐, 여보."

"솔직한 얘기로, 나쁘지 않아. 그런데 나쁘지 않다는 표현이 나에게 어떤 의미인지는 잘 알지?"

"최상급이지."

"그럼."

"엄마, 좋아?"

"응, 너무 좋아."

행복했다. 셋이서 한바탕 웃었다. 고양이는 베란다에서 새 전망을 구경하느라 정신이 없는 듯했다. 그로부터 1년 하고 반이 지났다. 아직도 이 집은 우리에게 넓게 느껴지고, 나는 더이상 나쁜 꿈을 꾸지 않는다.

내면의

땅

"우울했던 시절을 뭐라고 정의할래? 딱 한마디로."

친구가 던지는 질문에 나는 이렇게 대답했다.

"딱 한마디로 한다면, 인생에서 가장 중요한 자리에 가는데 자기한테 제일 안 어울리고 마음에 안 드는 옷을 입고 가는 거야."

"끔찍해!"

"더 끔찍한 건 그런 일이 매일 반복되는 거야."

잔잔하게 위태로운 날들. 불행은 내 모든 날들의 유행이었다. 그런 날들은 몸에 맞지 않은 옷을 억지로 입고 있는 것처럼 어딘가 어색하고 불편해 아주 잠깐의 행복마저도 의심하게 만들었다. 행복이라는 빛깔은 점점 내게 어울리지 않는 색이 되어 내가 가질 엄두도 낼 수 없는 저 먼 하와이에 있는 저택쯤으로 여겨졌다. 그 시절 많이 도움이 됐던 책이 있다. 그것은 위로의 말이 담긴 에세이집이나 성공 비결을 제시하는 자기계발서가 아니라 저명한 신경과학자가 15년간 뇌과학을 바탕으로 우울증을 연구한 뇌과학서였다. 그 책은 이렇게 말하고 있었다.

"네가 우울한 게 아니야, 네 뇌가 그런 거지."

책에 따르면 뇌는 생각이나 경험을 통해 각각의 회로를 만드는데, 우울을 느끼면 우울 회로의 패턴이 생기고, 반대로 행복한 경험을 통해 행복을 느끼면 행복 회로의 패턴이 만들어진다고 했다. 단순해 보이는 이 연구 결과에 사실 더 중요한 내용은, 한번 만들어진 회로는 영원히 소멸되지 않는다는 것이고, 또 하나는 다행스럽게도 불행 회로를 완벽히 가릴 수 있는 방법이 있다는 거였다. 그 방법이란 불행 회로 위에 행복 회로를 더 크게 만드는 것이다.

저자는 행복 회로의 크기를 키우는 방법을 소개했다. 뇌를 긍정적인 방향으로 단련하는 방법에는 적절한 운동하기, 수면의 질 높이기, 결정 내리기, 좋은 습관 들이기 등이 있다고 했는데, 그중에서도 '감사하기'가 가장 큰 힘을 발휘한다고 했다.

이 책을 읽기 전까지는 감사하기가 촌스러운 일이라고 생각했다. 그저 그 말은 천성 자체가 긍정적인 사람들이 내세우는 불편한 억지이며, 이미 성공한 사람들이나 입 밖으로 꺼낼 수 있는 성공의 잔재 같은 말이라고 여겼다. 그러나 진정한 감사하기에는 어떠한 조건도 필요하지 않았다. 감사하기의 핵심은 생각의 전환이었다. 소박한 그 무언가에 열렬히 감탄하는 것. 작은 것을 크게 확대하는 능력, 중요한 것을 알아차리는 힘 따위 말이다.

그때부터 나는 감사하기에 헤픈 사람이 되기로 했다. 살아가기로 마음먹었던 그 무렵, 가을의 문턱에 들어서고 있었다. 유별나게 감사할 만한 선선하고 다정한 날씨였다. 창문을 열고 양희은의 〈가을 아침〉을 들으며 하루를 시작했다. 가을바람과 감미로운 노래에 먼저 감사했고, 새침하게 내 쪽으로 다가오는 고양이의 잠이 덜 깬 모습을 볼 수 있음에 감사했다. 나를 기쁘게 하는 것들이 얼마나 반짝이고 또 소소한 것인지 알아가는 하루하루가 놀라움의 연속이었다.

감사하는 마음을 바탕으로 책에 나온 모든 방법을 총동원해 일상을 살았다. 하루에 한 시간 이상 놀이터에 나가 볕을 쬐고,

매일 숨을 헐떡일 정도의 고강도의 운동을 빼먹지 않았다. 치열한 일기 쓰기와 친구들과 좋은 시간을 보내는 일을 게을리 하지 않았다. 그동안 시간은 점점 색을 바꾸며 흘러갔다. 그 과정 속에서 페소아의 《불안의 책》을 나의 선언문으로 삼았다.

"한 뼘 한 뼘 원래 내 것이던 내면의 땅을 정복해나갔다."

새로운 나를 만드는 과정이 아니라, 원래의 나를 되찾는 과정이었다. 땅따먹기를 하듯, 나쁜 기억들에게 점령당했던 구역을 모두 되찾았더니 겨울이 왔다. 3년 가까이 나를 괴롭혔던 부정적인 감정 회로를 밝고 아름다운 행복 회로들로 덮어버렸다. 다시 마주하기 싫었던 우울과 무기력을 불투명한 천으로 덮어버리듯 기쁨으로 완벽하게 가렸다. 나는 원래의 나로 복귀했다. 언제 슬프고 아팠냐는 듯, 나는 뻔뻔하리만큼 행복했다.

다시 머릿속에 나쁜 길이 생긴다 하더라도 나는 이제 그 길을 벗어날 확실한 방법을 안다. 사사로운 순간 속에서 감사할 이유를 포착하는 거다. 감사할 목록은 조각조각 이어져, 어느덧 내게 꼭 맞는 옷이 된다. 행복한 하루들이 이제 그 옷의 소매가 되었다가, 주머니가 되었다가 한다.

3 부

사랑 다음은 사랑

유행어

내가 사랑한다는 말을 잘 하게 된 것과 그것을 말하는 나만의 방법을 터득한 것은 엄마 덕분이다. 웃음기가 많고 세상 모든 것에 설렐 줄 아는 엄마에게서 나는 '사랑'을 말하는 법을 배웠다. 엄마는 나와 연락하거나 쪽지를 쓸 때 항상 '사랑'이라는 단어로 마지막을 장식했다. "사랑해"라는 말이 아니라 '사랑' 이라는 단어로 끝나는 말이었다. "사랑해"라는 말은 일상에서 쓰기에 살짝 쑥스러운 반면, '사랑'이라는 단어로 끝나는 말은 문장을 끝맺지 않고 획 도망가 버리지만 그 수줍음이 우리와 비슷해 현실적이다. 무책임하게 흘려버리는 것 같으면서도 결국은 가장 중요한 알맹이는 남기고 가서 다행스럽다.

나는 학생 때부터 '사랑'이라는 말을 친구들에게 즐겨 쓰곤 했다. 뜬금없이 일상적인 대화를 하다가 용기 내서 말하곤 했다. 이를테면 이런 식이다.

> 학원 다녀와서 연락해. 내일은 석식 먹지 말고 밖에서 떡볶이 먹자. 사랑.

> 나 이제 자려고. 오늘 너무 빡센 하루였어. 우리 금요일에 보는 거 맞지? 사랑.

문장 끝에 붙은 '사랑'이라는 단어가 명사인지, 허리가 잘린 동사인지 아직도 잘 모르겠지만 그것은 내 말투가 되었다. 가장 빛나는 순간은 아무렇지도 않게 친구들이 '사랑'으로 끝나는 문자를 보내올 때였다.

> 지혜야, 저번에 우리 가려던 레스토랑 예약해뒀어. 사랑.

> 언니! 파이팅이라는 단어 싫은데 달리 다른 말이 없네, 글 잘 써. 사랑.

혹은 내가 올린 게시물에 댓글이 달려 확인해보면, 사랑이라는 단어가 적혀 있었다. 그렇게 나와 내 친구들은 마음의 알맹이를 남발했다. 사랑은 아무리 말해도 그 색이 연해지거나 닳거나 부서지지 않았다. 모든 사랑의 말은 포장지에서 방금 꺼낸 것 같았다. 평생 써도 좋을 우리의 유행어였다.

지혜야

김치 볶음밥하고 오미자에다. 먹어
엄마 나서쯤 들께야
수고 없던지 할머니댁에 가던지
아님 ~~이따가~~

사   랑 ♡

고양이

에릭

나의 아침 일과는 간단하다. 일어나자마자 에릭을 찾는다. 녀석이 창가에서 열심히 햇볕을 쬐고 있는 것이 보인다. "고양이의 휴식은 우리의 노동만큼이나 골똘한 것"이라던 장 그르니에의 말이 떠오르는 대목이다. 에릭이 내 시야에 들어오는 순간 발음은 '에릭'에서 '아뤽'으로 바뀐다. 사랑하는 만큼 언어도 될 수 있는 한 과격해진다. 녀석을 보면 왜 자식을 두고 눈에 넣어도 안 아플 것 같다는 표현을 쓰는지 알 것 같다.

나는 몇 년 전, 주택가를 지나다 에릭을 만났다. 길에서 매번 보던 녀석들과 다른 뽀얀 고양이 한 마리가 있길래 말을 건넸더니, 아기 목소리로 "야옹야옹" 하며 내 신발 주위를 맴돌았다. 심장이 쿵 하도록 귀여웠다. 다음 날, 골목의 모퉁이를 돌아 가로등 아래 어제 그 자리를 지나는데 또 그 녀석이 있었다. 그런데 오늘은 녀석의 옆에 어떤 여자가 있었다. 주인은 아니고 나처럼 지나가다 발목을 잡힌 사람 같았다. 그 여자는 이미 익숙하게 이름까지 부르며 관심을 끌고 있었다. 잠시 지켜보다 그 옆을 지나가려는데 고양이가 내게로 다가왔다. 여자와 나 사이에 긴장감이 돌았다. 선수 소개도 없이 경쟁이 시작된 것이다. 안타깝게도 그 여자의 손에는 무언가 맛있는 게 들려 있었다. 나는 부리나케 집으로 올라갔다. 간식을 가져오려는 시도였는데 내려가 보니 이미 그 여자와 고양이는 사라져 있었다. 망연자실하게 혼자 길거리에 잠시 남아있었다. 그런데 그 순간 은색 철문 앞에서 무언가 둥근 형체가 반짝였다. "야옹." 그 고양이였다.

덥석 녀석의 겨드랑이 사이에 손을 넣어 들어 올렸는데 아무런 반항도 없었다. 그렇게 나는 납치에 성공했다. 너구리처럼 통통한 꼬리를 가진 녀석은 내 생애 최초의 고양이가 되었다. 그날 밤 녀석은 잠도 안 자고 새벽 내내 골골댔다. 기포가 조금 섞인 듯한 그 진동 소리는 알고 보니 고양이가 행복할 때 내는 소리였다. '고양이는 행복을 숨기지 않는다.' 고양이에 무지했던 내가 고양이에 대해 처음 알게 된 사실이었다.

집은 4층이었고 마당이랄 것까진 없지만 계단과 현관 사이에 넓은 틈이 있었는데 문을 열어두면 고양이는 거기서 내내 햇볕을 쬤다. 눈을 감고 달콤한 표정을 지으며. 그러다 계단을 걸어 내려가서는 누군가를 만나고 돌아왔다. 일명 외출 고양이였다. 한번은 야리야리한 검은색 고양이와 데이트하는 모습을 발견했는데, 녀석들은 날 보고 화들짝 놀라더니 지붕과 난관을 뛰어넘어 금방 사라졌다. 밖에서는 아는 척하지 말라는 신호였다.

어떤 날은 녀석이 밤까지 집에 돌아오지 않았다. 비가 쏟아지기 시작하자 걱정이 되었다. 우산을 쓰고 신발이 다 젖도록 다니며 동네방네 이름을 외쳐댔지만, 찾지 못했다. 무슨 일이라도 당한 걸까. 찾는 걸 포기하고 집에 들어왔지만 문을 열어두었다. 그때였다. 대수롭지 않다는 듯 네발을 차례대로 하나씩 탈탈 털어가며 들어오는 에릭이 보였다. 비에 쫄딱 젖어 무신경하게 걸어 들어오는 그 장면이 상상이 되는지. 나는 눈물을 쏟으며 젖은 녀석을 덥석 안았다. 만화 속 주인공처럼 생긴 에릭은 큰 눈을 껌뻑이며 어리둥절해했다.

고양이와 사는 생활은 그 이전과는 확실히 달랐다. 작은 생명체가 소리도 기색도 없이 돌아다니는 집의 풍경은 조용한 생동감을 품는다. 이름을 부르는 일, 입 맞추는 일이 작은 공연이 된다. 자는 모습, 밥 먹는 모습을 구경하는 데 시간을 쏟는다. 낙

엽색 속눈썹, 구슬 같은 눈동자, 장밋빛 코, 주황색 엉덩이, 오묘한 표정, 당당한 각선미, 게을러 보이지만 결코 긴장을 늦추는 법이 없는 날쌘 몸짓 하나하나가 모두 그렇다. 호감을 사려 노력하지 않는 고양이는 특유의 태평함으로 나를 압도했다.

에릭은 나와 마찬가지로 한 번도 고양이를 사랑한 적 없는 나의 가족을 천천히 사로잡았다. 에릭은 개와 정반대되는 모습 때문에 감탄의 대상이 되었다. 개는 주인에게 충성하지만, 고양이는 사람을 주인으로 생각하지 않는다. 개는 뼈가 단단하지만 고양이는 뼈가 없는 게 아닌가 의심이 들 정도로 유연하다. 종일 붙어 있길 좋아하는 개의 사교성에 반해 고양이는 자기만의 공간과 시간이 필요한 깐깐한 존재다.

아빠는 고양이가 개처럼 치대지 않아서 좋다고 했고, 엄마는 그런 도도한 모습 뒤에 은근히 다정한 모습이 숨어있는 것 같아 정이 간다고 했다. 에릭은 가족 중 누군가가 아프거나 슬퍼 보이는 날에는 그 곁을 새벽까지 지켰다. 그러나 그 모습에 감동해 쓰다듬으려고 하면 돌연 자리를 떠나 새침함을 지켰다.

에릭이 우리 모두를 가장 놀라게 했던 건 사냥할 때의 모습이다. 길거리 출신의 사냥 경력이 빛을 발하는 순간이었다. 창문을 통해 들어온 잠자리를 잡았을 때 몸통이 돌고래처럼 휘어 튀어 올랐다. 대단했다. 몸을 한껏 웅크렸다가 날쌔게 비상했다. 하얀 수염을 쭈뻣 세워 야무진 표정을 만들었고, 능숙하고 우아하게 발톱을 세웠다. 결국 잠자리는 5분도 못 가 잡혔다. 우리는 그 모습에 반해버렸다. 사냥 내내 집중하는 모습에는 맵시가 있었다.

고양이는 신비와 자유의 존재다. 항상 제멋대로 행동한다. 녀석들은 얄궂은 바람 같아서 살금살금 애교를 부리는 날이 있는가 하면, 모르는 사람인 척 뒤돌아서는 날도 있다. 하지만 쌀쌀맞게 구는 게 애정이 필요 없다는 뜻은 아니다. 에릭은 반쯤 감은 눈으로 이렇게 말하는 듯하다.

"내가 싫증이 날 때까지 안아줘. 못 이기는 척할 테니 귀찮게 해줘. 나한테 매달려줘."

도저히 이해할 수 없는 엉뚱한 행동을 하는 것도 고양이의 무한한 매력들 중 하나다. 예측을 벗어나는 행동이 볼만하다. 의심은 또 어찌나 많은지, 매사에 조심스러운 움직임은 고급 교육을 받은 재벌가 자제처럼 보인다. 길거리에 살면서 어떻게 그런 품위를 유지할 수 있었던 건지 존경심마저 든다. 신경이 매 순간 곤두서 있어서 어떤 상황에서도 틈을 보여주지 않는다. 요염함을 갖춘 거실의 사자. 걸을 때만큼은, 축 처지거나 기죽은 모습을 볼 수 없다. 길고양이들조차 마냥 가여워할 수 없는 것은 녀석들에게는 어디서든 지켜내는 최소한의 품위가 있기 때문이다. 쓰레기통을 뒤지는 일이 있어도 움직일 때만큼은 귀족적 자태를 뽐낸다.

녀석들에게는 자기관리가 투철한 여인처럼 언제나 향기가 난다. 마지막 샤워가 1년 전인데 뒤통수에서 항상 비누냄새가 나다니. 믿을 수가 없다. 흔히 대충하는 세수를 고양이 세수라고 하는데 그 표현은 고양이에게 오명을 씌우는 말이다. 고양이한테는 그게 최선의 세수다. 자세히 보면 빡빡 거칠게 발바닥을 얼굴에 비빈다. 매일 빼먹지 않는 그 세수 덕에 고양이는 물 없이도 청결한 존재가 된다. 그러니 그가 낮잠에서 깨면 시간을 주어야 한다. 단장을 위해 최소 10분의 시간이 걸린다. 그러면 그는 잠시 후 다시 완벽해진 모습으로 내게 다가와 종아리 사이를 슬쩍 훑고 지나간다.

고양이는 빈 상자에 몸을 구겨 넣는 것을 몹시 좋아한다. 그래서 택배가 많이 오는 날에는 잠을 안 잘 정도다. 끔찍하게 귀여운 장면은 몸에 비해 터무니없이 작은 상자에 들어가려는 시도를 할 때다. 그럴 때면 에릭은 포기하지 않고 앞발 두 개만 넣는다. 몸에 꼭 맞는 박스는 숨어있길 좋아하는 그에게 가장 아늑한 포옹이다. 그 안에서 등허리와 발바닥을 모서리에 밀착하며 상자에 안겨 있다. 아무리 찾아봐도 보이지 않을 때, 에릭은 상자 안에서 발견되었다. 에릭이 나가고 없는 상자에는 자다가 흘린 침 자국이 보였다. 에릭은 새 박스든 침 흘린 자국이 있는 헌 박스든 차별 없이 사랑했다.

고양이는 자기만을 위한 즐거움을 선택할 줄 안다. 그들은 언제까지나 독립적이다. 이미 완성된 존재로 우리에게 오는 것이다. 그들에게는 다음이라는 개념도 없다. 지금뿐이다. 싫어하는 것은 절대 하지 않고, 좋아하는 것은 미루지 않고 한다. 아껴두지 않고 그때그때 기뻐하는 그들은 나태하면서도 자신감 넘치는 표정을 짓는다. 지금의 잠과 눈앞의 햇볕이 그들이 유일하게 원하는 것이다.

에릭은 웃고 있지는 않지만 분명 행복해 보인다. 고양이는 고양이의 방식대로 웃는다. 질펀하게 놀며 장난을 치고, 빈 상자에 몸을 구겨 넣고, 창문 밖의 새를 몇 시간 동안 관찰한다. 그것은 녀석들에게 웃음 같은 거다. 녀석들은 이기적으로 보일 정도로 매 순간 행복하다. 고양이를 키우면 심장병이 예방된다는 기사를 본 적이 있다. 그것이 얼마나 과학적으로 증명된 일인지 따위에는 관심이 없다. 나는 그가 가족이 된 이후로 마음이 풍요로워지는 것을 느낀다. 잘 상처가 나지 않는 고양이의 젤리 발 같은 내 마음도 어디든 사뿐히 걸어간다. 가장 부드럽지만 가장 강하게. 설령 마음이 다치고 돌아오더라도 녀석을 보는 순간 상처는 아물고 기분도 나아진다. 귀여운 것이 세상을 구원할 거라는 말은 단연코 진실이다. 분명 고양이를 키운 사람이 한 말일 거다.

네 삶

이전의

우정

|

은성에게

비 내리는 날 식탁에 앉아 너에게 첫 편지를 쓴다. 너한테 하고
싶은 말이 무척 많아. 네가 태어나기 한참도 전에, 네 엄마와
내가 처음 만났을 때 이야기부터 시작할까 해. 너도 알겠지만,
네 엄마와 나는 고등학교 3년 내내 같은 반이었어. 나는 중학
교를 대안학교에서 다녔기 때문에, 그리고 그 학교는 외국 영
화에나 나오는, 질서정연한 사립학교 같았기 때문에 난장판인

새로운 교실 풍경이 익숙하지가 않았어. 모두가 나한테는 날라리로 보였지. 그때 우리는 첫 짝꿍이 되었어.

삐딱하게 앉은 네 엄마의 모습을 생생히 기억해. 짝으로 재만 아니면 될 것 같다고 생각했는데 딱 걸린 거야. 작은 몸집에, 눈은 부리부리하고 당당히 파마머리를 하고 있었어. 첫날부터 교복 치마를 줄여왔더라. 심드렁한 목소리로 교과서를 안 가져왔다며 같이 보자고 하고, 내 교과서를 중앙에 놓더니 이따 깨워달라며 졸기 시작했어. 나는 오만 가지 상상을 다 했지. '화장실로 끌려가 맞는 건 아닐까?' 겁을 먹었지만 그런 일은 없었어. 영화를 너무 많이 봤던 거지. 그 애는 그냥 머리만 뽀글뽀글하지, 나보다 훨씬 순박하고 착한 애였어.

우린 처음부터 그렇게 각별한 사이는 아니었어. 나는 딴 애랑 친했고 네 엄마도 마찬가지였지. 그때까지만 해도 서로에게 서로가 유일한, 그런 사이는 아니었던 거야. 그러다 한 학년 올라가면서 또 같은 반이 되었고, 자타가 공인하는 절친이 되었지. 네 엄마를 우리 집에 초대했던 날이 떠올라. 어렸을 때부터 고등학교 때까지 쭉, 나는 그 동네에서 제일 좁은 아파트에 살고 있었어. 학교에 다닌다는 건 같은 동네를 공유한다는 거니까, 대충은 집안 사정이 어떤지 들통날 수밖에 없는 것이어서 학창 시절 내내 모욕감을 느꼈어. 나는 하는 수 없이 그 아파트에 산다고 말했는데, 반응이 뜻밖이었어. 네 엄마는 아무렇지 않아 했지. 나는 그 무심함이 너무도 고마웠어.

우리는 침대에 함께 누워 눈물을 쏟아가며 이야기를 나눴어. 네 외할아버지, 그러니까 지은이의 아버지가 몇 년 전 돌아가셨다는 사실과 내가 이집 저집을 전전하며 살았다는 사실, 그래서 실은 열등감 덩어리였고 눈치는 더럽게 빨라서 종종 주눅들 일이 많았다는 것…. 아무에게도 말할 수 없었던 속마음을 주고받았지. 홀딱 벗은 기분이었어. 이렇게 내 속내를 완전히 털어놓은 사람은 한 명도 없었거든. 그때가 처음이었어. 모든 게 괜찮다고 말해준 사람. 각자의 불행이 우리 말 속에서 녹아내리는 것 같았어, 별것 아니라는 듯. 그 순간 나는 평생 잊지 못할 학창 시절을 보낼 수 있을 거라는 걸 예감했어. 그리고 다음 날 네 엄마처럼 교복을 줄였지.

그때부터 우리는 모든 걸 함께했어. 각자의 생일과 보통의 매일매일 그리고 문구점, 분식집, 공원, 교실, 복도, 운동장에서도 함께였어. 방학마다 추운 명동 거리 같은 곳들을 함께 쏘다녔지. MP3로 같은 노래를 듣고, 성적보다 높은 대학의 이름을 공책 앞에 크게 써두고, 모의고사를 망치고, 수도 없이 쪽지를 주고받고, 싸구려 반지를 나눠 끼고, 맥도날드에서 끼니를 때웠지. 가끔은 일탈도 했어. 덕수궁 미술관에서 앤디 워홀의 전시가 열린다는 소식을 접하고는, 담임 선생님에게 대놓고 부탁을 했지. 선생님은 다른 애들 몰래 야간자습을 빼주셨어. 우리는 그 당시 유행하던 유니클로 카디건을 입고 디지털카메라를 챙겨 지하철에 올랐어. 폴더폰은 화질이 너무 구렸거든. 우리는 예쁜 포즈를 취하는 법을 몰랐어. SNS라는 말도 없었던 때라 누구한테 자랑할 필요도 없던 시절이기도 했지. 엽기적인 표정을 지으며 가장 우스꽝스럽게 나온 게 제일 좋은 사진이라고 생각했어.

어떤 날은 담임 선생님이 즐겨 간다는 광화문의 식당을 메모해두었다가 가장 아끼는 옷을 입고 함박스테이크를 먹으러 갔지. 우리는 뭐든 반으로 나눠 먹었어. 사이가 좋아서가 아니라 돈이 부족했거든. 밥을 다 먹고 나서 근처 교보문고에 가 구경을 했어. 그래도 좋았어. 뭐가 그렇게 재밌었는지 웃다가 눈물이 맺히는 경우도 많았지. 나는 네 엄마가 나의 기쁨이나 슬픔을 설득하지 않아도 되는 사람이라 좋았어. 방학 때는 내가 다른 곳에서 지내게 되어 떨어져 있었는데, 우린 서로 A4용지로 두세 장이 될 만큼 긴 메일을 매일 주고받았어. 주말이면 배터리가 뜨거워질 때까지 통화를 했지. 뭐가 그리 할 말이 많던지.

그러다 3학년이 되었어. 그 시절 우리가 제일 잘 하던 짓은 다른 친구들을 따돌리는 일이었어. 단둘이서만 있고 싶었거든. 친구들 무리와 있을 때면 우린 각자 다른 핑계를 대고 다음 장소를 정해 밀회했지. 아마 친구들이 알고 있었던 것 같은데 그

걸로 굳이 서운해하지 않았던 것 같아. 우리 사이는 누가 봐도 당연해서 낄 생각도 못 했던 게 아닌가 싶어. 너네 사귀느냐는 소리를 매일 듣고 살았으니까. 우린 그해 나쁜 성적을 받고 나란히 재수를 했지. 한 해 뒤 우리는 다른 대학교로 각자 진학했고, 새로운 상황에 들어설 때마다 새 친구들을 사귀었어. 서로를 못마땅해하기도 했지. 네 엄마가 내게 새로 사귄 친구들에 관한 이야기를 늘어놓을 때마다 나는 시큰둥해했지. 그래 봤자 나를 대신할 수는 없을 거라고 생각했거든. 질투한 게 맞아. 그래도 그 예측은 대부분 맞아떨어져서 아주 중요하거나 깊은 이야기를 해야 할 때마다 다시 서로를 찾았어.

우리는 연인 같았어. 그것도 5년 정도 사귄 오래된 연인. 우리는 밀려드는 새로운 유혹들 가운데서 추억이라는 이름으로 아슬아슬하게 서로의 입지를 지켜냈지. 예전처럼 자주 만날 수는 없어도 꼬박꼬박 시간을 맞춰 같이 공연을 보고 기차를 탔어. 서촌이나 한남동 같은 핫 플레이스도 가보고, 우리에게 재능이 있다고 착각하면서 광고 공모전에 작품을 제출해보기도 하고, 네 엄마가 에뛰드하우스 아르바이트를 할 때나 미술학원 일이 끝나면 데리러 가고. 공짜 티켓이 생기면 연락하고. 싸울 때도 연인같이 살벌하게 싸웠어. 특히 서로에게 소홀하다 싶으면 불같이 화를 냈지. 뒤도 안 돌아볼 것처럼 매서운 말을 하면서도 불안하지 않았던 건 서로가 절대 배신하지 않으리라는 믿음 때문이었어.

스물셋이 되고 우리는 빡세게 반년 동안 모은 돈으로 유럽 여행을 떠났어. 지금이 아니면 안 될 것 같았지. 그 당시 '청춘'이라는 말은 대대적인 유행이었기에 우리는 조바심이 났었던 거야. 책만 펴면 자꾸 떠나라는 거야. 그게 청춘이라고. 그래서 우리는 한 달간 말이 안 통하는 곳에서 지내보기로 했어. 로마에선 소매치기를 당했고, 피렌체에선 반지하 방에서 지냈지. 파리에서는 섹스숍을 구경하고, 바르셀로나에서는 크게 다투기도 했어. 비행기를 따로 타고 가네, 마네 할 만큼. 내가 게스트하우스 사장이랑 잠시 사랑에 빠져버려서 네 엄마를 거의 버리다시피 했거든. 그 점은 아직도 깊이 반성하고 있어. 내가 아주 많이 미안한 부분이야.

어쨌든 여행은 완벽했어. 찬란하고 황홀한 잊지 못할 순간들로 빽빽했지. 다만 그게 우리의 마지막 여행이 될 거라고는 예상하지 못했어. 귀국 후 네 엄마는 네 아빠와의 연애 끝에 결혼을 했고 1년 뒤 네가 태어난 거야. 결혼식에서 오열하는 건 나뿐이었어. 그 뒤로 우리는 자주 볼 수 없었어. 네가 태어나고 나서는 더더욱 시간을 내기가 어려워졌지. 솔직히 네가 미웠어. 네게 내 친구를 뺏겼다는 생각을 지울 수가 없었어. 나와 모든 걸 함께하던 친구가, 서로가 없이는 미래가 그려지지 않던 친구에게 자기 자신보다 더 사랑하는 존재가 생겼다는 게,

그 존재에 묶여 있다는 게 납득이 되지 않았어. 산산조각이 난 것 같았어, 우리 관계가.

네가 아주 어릴 때 같이 갔던 레스토랑에서 너의 울음에 어쩔 줄 몰라 하는 친구와 바닥에 흘린 음식물들, 그 모든 게 나는 어색하기만 했어. 말쑥한 차림을 한 두 아가씨의 도도한 식사와는 거리가 멀었지. 네 엄마는 어딜 가나 미안해해야 했어. 어느 날 정신없는 식사를 마치고 우리 셋은 카페로 갔어. 아마 너는 기억하지 못할 거야. 무릎에 앉은 너는 졸음을 참으면서 깨어 있었지. 네 엄마는 이런 모습이 처음이라고 했어. 아마 너는, 말을 할 수 없어도 알았을 거야. 내가 네 엄마와 가장 가까운 사이라는 걸. 그 사이에서 너는 차마 잠들 수만은 없어서, 아기였던 너도 이 친밀한 시간을 놓쳐서는 안 된다는 것쯤은 알고 있어서, 꾸벅꾸벅 졸음을 참고 있었던 거야.

나는 그때 느꼈어. 내게 가족이 한 명 더 생겼다는 걸. 그때야 인정하게 됐어. 부족하지만, 어색하지만, 너를 있는 힘껏 사랑해주기로 마음먹었어. 그때부터 누군가가 홀로 유모차를 끌고 있으면 거들게 됐고, 아이들에게 한 번이라도 더 미소를 지어주고, 놀이터에서 애들이 다치진 않는지 지켜보게 됐어. 그리고 엄마들한테 함부로 하는 사람들은 노려보기도 했어. 어떤 엄마를 돕든 그게 꼭 네 엄마를 돕는 것 같았거든. 너를 지키는 것 같았고. 그 이후로 마음이 편해졌어. 자주 만나지 못하는 건 여전했지만 우리는 서로가 속한 미래를 다시 꿈꾸기 시작했어. 네가 자라고, 걷고, 말을 배우기 시작하니까 네 엄마에게도 조금의 여유가 생기더라.

모든 게 변했다고 생각했지만 사실 아무것도 달라지지 않았던 거야. 단지 조금 성숙했을 뿐이고, 돌봐야 할 게 조금 늘어났을 뿐이었어. 다시 들여다본 기억은 새것처럼 말끔했어. 그것은 가장 찬란한 시절을 함께한, 그 어떤 시간의 공격에도 균열이 생기지 않는 기억이었어.

어느 날 네 엄마에게 물었어.

"지은아, 행복해?"

그 질문에 네 엄마의 대답은 이러했지.

"응, 행복해. 은성이를 낳은 건 내가 세상에 태어나서 가장 잘한 일이야."

앞으로도 네가 대학에 들어가기까지 10여 년간은 전적으로 내 친구를 빌려주도록 할게. 그리고 그 시간 동안 너와 나만의 우정도 쌓아보려고 해. 엄마한테 말 못 하는 고민도 들어줄 수 있는 사람이 될게. 네가 유럽 여행을 하고 싶을 때 싼 비행기 티켓과 가성비 좋은 숙소를 대신 찾아주는 이모가 될게. 훗날 네게 진정한 친구가 생긴다면, 좋아하는 일을 찾게 되면, 첫 애인이 생기면 내 일처럼 축하해줄게.

그때까지, 내 친구를 잘 부탁해.

그가

주인공이

될 때

나는 엄마의 매니저가 되었다. 얼마 전 엄마가 한 쇼핑몰의 모델로 제의를 받은 것이다. 쇼핑몰 측은 모녀가 옷장을 공유하는 콘셉트의 판매 사이트를 준비 중이었다. 그들은 내 계정에 올라온 주현을 발견하고 오래전부터 그를 염두에 두고 전체적인 콘셉트를 구상했다고 했다. 첫 미팅 날, 주현이 수줍게 마스크를 내리는 순간 분위기는 지나치게 화기애애해졌다. 상냥하고 선한 데다 아름다운 그에게 모두가 반했다. 내가 어릴 때, 학교에 등장하면 선생님과 학생들 모두를 들썩이게 했던 주현

의 미모가 드디어 빛을 발할 시간이 온 것이다. 그는 이미 누군
가의 은밀한 뮤즈였다.

나는 매니저로서 자잘한 업무를 수행했다. 약속 장소 잡기,
바지 치수 보내기, 시급 협상, 통장 사본 전송하기 등. 주현이
일을 마치고 귀가하면 저녁 식사 자리에서 그동안 주고받은
메시지를 보고했다. 얼마 전 주현은 외가 식구들이 다 모인 카
톡 방에 자신이 모델이 된 사실을 공표했다. 첫 촬영도 하기 전
이었다. 주현에게 그 자신에 대한 자랑은 오랜만의 일이었다.
그의 삶은, 삶이라는 표백제에 오랜 시간 담가져 원래의 색을
알아볼 수 없는지도 몰랐다. 오래 엄마로 살아온 사람들의 삶
은 슬프게 투명했다.

촬영 날이었다. 우리는 수다 꽃을 피우며 성북동 꼭대기의
스튜디오로 향했다. 한 시간 이상의 드라이브는 주현과 나의
추억을 떠올리게 했다. 부모가 자식의 매니저로 지냈던 시절,
그가 나를 목적지로 데려다주는 일이 많았다. 그에게는 서른
살의 내가 여전히 어린애와 다를 바가 없어서 차의 뒷좌석에
는 내가 피곤할 때를 대비한 베개와 담요가 늘 준비되어 있었
다. 우리는 서울과 경기도를 오가며 시시콜콜한 대화를 나누
었다. 자유로와 여러 길을 달리는 자동차는 우리가 즐겨 애용
하던 카페였다. 오늘은 처음으로 내가 주현을 챙겨줘야 했다.
하지만 아침에 잠드는 습관이 든 나는 멍하게 창문만 보고 있
었다.

"엄마, 해 뜨는 것 좀 봐."

"이미 해는 떴어."

"원래 낮이 이렇게 아름다웠나?"

"(웃으며) 원래 이렇게 예뻐, 매일매일."

나는 그의 다정한 말씨에 감탄하며 옆모습을 바라보았다. 매일 오후에 일어나는 나를 꾸짖을 법도 한데 그는 소리를 질러서 나를 깨우는 법이 없었다. 나의 아침은 포옹으로 시작되곤 했다. 그는 같이 가줘서 고맙다며 토끼처럼 쿡쿡 웃었다. 그를 보면 사랑의 크기를 가늠할 수 없어 두려웠다. 자기 자신보다 더 사랑하는 존재가 생긴다는 건 어떤 심정일지 알 수 없었다. 내 사랑은 항상 졌다. 그의 사랑에 비하면 내 사랑은 너무도 빈약했다.

우리는 스튜디오에 도착했다. 주현은 들어가기 전 다시 한번 관계자분들의 명함 세 개를 꼼꼼히 훑어보며 이름을 외웠다. 들어가서는 그들을 선생님이라고 불렀다. 첫 번째 의상은 정강이 중간까지 내려오는 검정 원피스에 도트무늬 스카프였다. 촬영에 앞서 주현의 볼에 복숭앗빛의 볼 터치가 올려졌다. 주현은 아기처럼 숨을 참고 눈을 감았다. 쇼핑몰 관계자들은 깍듯하면서도 다정하게 촬영을 이어나갔다. 주현은 큰 날개가 달린 새같이 자유로워 보였다. 웃음을 요구하면 재밌는 일이 생긴 것처럼 크게 웃음을 터뜨렸다. 때로는 걷는 듯하다가 부러 창문 너머를 바라보기도 하고, 팔꿈치를 안아 팔짱을 끼기도 하는 등 다채로운 포즈를 선보였다. 모두가 감탄했다. 실로 프로다웠다. 모르는 사람 같았다. 어쩜 저렇게 뻔뻔할 수가.

사진을 찍는 이는 끊임없이 칭찬을 하며 분위기를 돋웠다. 나는 순간 따뜻한 분위기의 촬영 현장에서 혼자 동떨어진 듯 어색해졌다. 엄마라는 틀에서 나온 주현은 생소했다. 그의 모습을 지켜보는 게 낯설다가 점점 울컥한 기분이 들었다. 나에게만 유용한 사람인데, 다른 이에게도 필요한 존재라는 걸 깨닫자 두려움 같은 게 스멀스멀 밀려왔다. 일터에서 본 그는 모두를 사로잡을 만큼 빛났기에 방향을 알 수 없는 질투가 일었다. 나만 그의 아이이고 싶었다. 나만 그의 시선을 독차지하고 싶었다. 그는 나에게 언제나 빈자리가 남아있는 극장, 혹은 당첨률 100퍼센트의 복권이자, 쟁여둔 식재료 같은 존재였다. 하지만 오늘은 그가 주인공이 되어 있었다.

그는 나의 스물두 살을 지금 경험하고 있었다. 쇼핑몰 모델이던 시절, 매번 금요일은 촬영 날이었다. 시급은 3만 원. 그로 인해 나는 또래에 비해 시간도 많고 돈도 부족하지 않은 대학생이 되었다. 추운 겨울에 야외 촬영은 조금 고되기도 했지만 모델로 불린다는 특별한 느낌은 왠지 호사스러웠고, 멋진 사진이 수두룩하게 남는다는 것이 좋았다. 무엇보다 좋았던 건 주머니 사정이 달라졌다는 거였다. 당시 2,800원이었던 학교 카페의 홍차 라테도 매번 사 먹을 수 있었고, '에이랜드'에서 고른 목도리를 친구의 생일에 건넬 수 있었다. 시간적 여유가 있었던 모델 아르바이트 덕분에 다른 날엔 다른 아르바이트를 할 수 있었고, 스물셋의 봄 동안 일해서 번 돈을 모아 생애 첫 유럽여행을 떠날 수 있었다.

내게는 스물둘에 찾아온 처음 하는 경험이, 그에게는 지금 찾아온 듯했다. 언젠가 친구보다 주현을 훨씬 모르고 있다는 생각에 은근히 죄책감이 들었다. 대책이 필요했다. 그래서 내게는 익숙한 일이지만 그에게는 처음인 일들을 함께 해보기로 했다. 자주 가는 카페에 그를 데려가는 것부터 시작했다. 역 앞에서 만나 밥을 먹고 카페에 가서 5천 원짜리 커피 두 잔을 주문해서 수다를 떨다가 헤어지는 그런 하루를 만들었다. 어느 봄에는 젊은이들로 빽빽한 홍대입구역 앞에서 꽃을 들고 그를 기다렸다. 주현은 모든 걸 비싸다고 말했다. 그날 저녁 그는 이런 일기를 써서 내게 보내왔다.

2017년 3월 13일 홍대에서
일상을 벗어나 홍대에서 지혜와 데이트를 하기로 했다.

우리는 8번 출구에서 만나기로 했다.

멀리서도 한눈에 들어온 건 봄의 화사한 기운을 느끼게 하는 분홍장미를 든 지혜의 모습이었다. (꽃을 받아본 게 얼마만인가)

우리는 분위기 있는 파스타 식당을 찾았다.

나도 20대에는 이런 분위기 있는 카페에서 차를 마시며 미래를 이야기했었는데 지금은 분위기보다 가격표에 눈길이 간다.

일상적으로 집에서 하는 말은

밥 먹어라, 씻어라, 일어나라, 일찍 들어와라.

하지만 오늘만은 20대로 돌아가고 싶다.

지혜와 함께.

주현을 또래로 혹은 애인으로 대하기. 추웠던 어느 겨울날, 시내에서 친구를 만나고 돌아오는 주현을 마중 나갔다. 어릴 때 그가 늘 내 귀갓길에 있었던 것처럼, 정차 버튼을 누르고 미리 버스 뒷문 앞에 서 있으면 멀찍이 입김을 불며 기다리고 있던 그때의 주현처럼. 주현은 왜 나왔냐고 말하면서도 좋아했다.

그때부터 주현의 말을 믿지 않기로 했다. 모든 걸 괜찮다고 말하는 그의 거짓말은 나를 사랑의 함정에 빠트렸다. 내가 좋아하는 건 주현도 좋아했다. 다만 익숙하지 않을 뿐. 나는 더 다양한 방법을 구상해내야 했다. 내 옷을 하나 사면 주현의 옷도 하나 샀다. 어떤 날은 그냥 꽃을, 어떤 날은 그냥 귀걸이를 주었다. 선물 받는 일이 특별한 일이 되지 않았으면 했다. 그가 예쁘기만 하고 쓸모는 없는 물건들도 많이 사는 모습을 보고 싶었다. 그가 무언가 좋아하는 일을 사치로 여기지 않기를, 가끔의 카페 나들이가 자연스러워지기를, 주현만이 할 수 있는 일로 자신감이 생기기를 기대했다.

나는 말하는 입장에서 듣는 입장으로 위치를 바꿨다. 듣는다는 건 두려운 일이었다. 때때로 거실에서 내 이야기만 늘어놓던 내가 떠올라 머리가 지끈거렸다. 자기 자신만 사랑하는 일로는 세상을 온전히 살아갈 수 없다. 그의 사랑을 흉내 내며 쓰라린 기분을 점차 극복해나갔다. 주현에 대해 모르던 것들을 알게 되었다. 주현을 짝사랑했다던 사내와 마트 앞에서 우연히 마주쳤던 일을 들었고, 그가 후무스와 주머니가 크게 달린 코트를 싫어한다는 점을 알게 되었다. 파란색 펜을 좋아해 삼색 펜에서 항상 파란색 잉크만 먼저 닳아버린다는 점과 이스라엘을 가보고 싶어 한다는 점도. 모두 처음 듣는 얘기들이었다.

주현은 보기보다 변덕도 심하고 내키지 않아 하는 일도 많았다. 그가 내게 투정을 부릴 때 그와 친구가 되는 데 성공하는 듯했다. 입장이 바뀌어 내가 그를 달래고 챙기고 궁금해하니 우리 관계는 모녀에서 친구로 넘어갔다. 내가 덜 말하고 그가 더 말하는 것. 그것이 우리 모녀의 새로운 전통이 될 참이었다.

다시 촬영장. 다 같이 박수를 치고 촬영이 끝났다. 촬영 때 사용했던 꽃을 선물로 받은 주현은 그것을 소중히 껴안고 스튜디오를 빠져나왔다. 벅찬 마음을 꾹꾹 눌렀다 참았던 환호성을 지르는 영화 속 주인공처럼 우리는 깔깔대며 웃었다.

"나 어땠어?"

그의 물음에 나는 이렇게 답했다.

"최고였어. 완전 프로 모델 그 자체였어."

그러면서 나는 이렇게 물었다.

"아르바이트비 받아서 어디에다가 쓸 거야?"

주현은 "히히" 하고 높은음으로 웃으며 고민하는 듯하더니 결국은 이렇게 답했다.

"살림에 보태야지 뭐."

촬영 날이 아닌 날에도 주현의 매니저가 되어보려 한다. 그가 첫 아르바이트비를 생활비에 써버리지 않도록 하는 것도 중요한 임무일 것이다. 주현은 엄마라는 경력 이외에 다른 경력을 쌓기 시작한다. 아직도 무엇이든 될 수 있는 그임을 믿는다.

춤추는 것은

사랑하는 이들의

특권

가끔 거리를 걷다가 노래에 잠긴 사람들을 마주치곤 한다. 버스 정류장에서 봤던 한 남자는 커다란 헤드폰을 끼고 자기만의 세계에 빠져있었다. 가사를 따라 부르며 고개를 흔드는 그를 보며 어떤 사람들은 깜짝 놀라 쳐다보기도 했고 피식 웃기도 했다. 나는 그가 무슨 음악을 듣고 있는지 궁금했다. 그 장면을 지나치며 음악과 삶에 대해 생각했다.

삶은 각자에게만 들리는 노래다. 각자의 삶은 끊임없는 하나의 음악으로 채워진다. 오직 한 사람에게만 주어진, 밖에서는 들리지 않는. 어떤 이는 자신에게만 들리는 노래를 따라 부르기도 한다. 음악에 따라 표정과 걸음이 달라진다. 다른 사람들이 보기엔 그 모습이 우스꽝스러울지 몰라도 각자의 귓가에는 멈추지 않는 음악이 울리고 있다. 이어폰 한쪽을 다른 이에게 나눠주는 일도 가끔 일어난다. 그건 사랑하는 사람에 한해서다. 왜 춤추는지, 왜 노래 부르는지 이해하도록 같은 부분을 함께 느끼려고 나만 아는 삶을 타인에게 들려주기도 한다. 음악을 공유한다는 건 인생을 내보이는 것과 같다. 나의 노래만 있던 세상에 사랑하는 다른 이의 노래가 섞인다. 사랑할수록 노래의 수가 늘어난다.

아무 노래도 없는 데서 홀린 듯 춤추는 이들이 있다. 그들은 서로가 서로의 노래를 듣고 있다. 그들을 보고 사람들은 의아해하거나 비웃는다. 함께 춤추는 것이 사랑하는 이들의 특권인 줄도 모르고.

잠든 얼굴은

미워하기

어렵다

잠은 매일 찾아오는 밤의 설렘이다. 눈이 감겨오면 그때부터가 설렘의 시작이다. 침대에 몸을 누이면 오직 이불 속에서만 허락되는 넉넉한 안심이 우리를 환영한다. 우리는 스르르 잠에 빠진다. 졸음에 항복한 어느 순간, 잠으로 미끄러진다. 누군가 곁에 있을 때 드는 잠은 혼자 잘 때보다 더 달콤하다. 상대가 깨어 있을 때 나만 혼자 드는 잠. 주변 환경과 거리감이 생기면 잠의 성질이 더 강조된다. 그것은 어쩐지 더 푸근하고 아늑하다. 나는 혼자 잠들어있는 그 순간이 너무 좋아서 그 순간을 최대한 연장하려고 했던 적도 있다. 친구가 이불을 덮어주려고 다가오는 걸 느끼면서도 깨어있는 티를 내지 않았다. 자는 이에게 쏟아지는 조용한 배려와 사랑을 더 느껴보려고 계속 자는 척을 했다.

남이 잠든 모습을 바라보는 것도 내가 잠들어있는 순간만큼 좋다. 잠든 그 순간은 누구나 두 배는 더 사랑스러워 보이기 때문이다. 그 모습은 깨어있을 때보다 순수하다. 아무리 고약한 사람이라도 자고있는 그 순간만큼은 악의가 없어져 버린다. 잠은 인간을 인간다운 모습으로 복귀시킨다. 우리의 삶 중 가장 무력하며, 가장 자연스러운 시간. 애씀을 잠시 쉬는 시간. 약간 벌어진 입, 풀어진 근육, 꾸며내지 않은 진실한 모든 것만이 드러나는 시간.

하물며 사랑하는 이의 잠든 모습이란 말할 것도 없다. 그 순간을 지켜보는 것은 황홀하기까지 하다. 연인이 서로에게 보여줄 수 있는 마지막 모습은 자는 모습이다. 잠은 깊은 관계를 증명하는 신뢰의 표현이다. 사랑을 할 때 내 곁에서 잠든 연인의 얼굴을 보면 사랑이 다음 단계로 넘어가는 것 같았다. 나는 졸음을 참아가며 상대의 자는 모습을 바라보기도 했다. 숨소리를 죽인 채 이어지는 새벽의 관찰. 그것은 복합적인 감정이었다. 한 사람의 삶이 입체적인 만큼 애틋함, 안쓰러움, 기특함 같은 감정이 모여 얼굴 위에 드리워졌다. 평화로웠지만 자는 모습은 조금씩 슬프고 짠했다. 잠은 삶의 뒷모습을 드러내게 했다. 애쓰지 않지만 가장 많은 표정이 보이는 것 같았다. 잠은 상대의 강점보다 약점을 드러내게 해 마음을 저리게 했다. 나는 그 나약함이 좋았다. 잠으로 떠난 모습 앞에 숨어 내가 몰랐던 그의 사연을 구경하던 밤. 그 사람을 몰래 이해하게 되던 밤. 이상하게도 눈앞에 있는 사람을 그리워하게 되던 밤.

사랑은 아무 말도 오가지 않을 때 더 활짝 피어나는 경우가 있다. 나는 대화와 표정으로 감정을 드러내는 낮의 시간보다 상대방이 잠들어 있을 때 사랑을 더 강하게 느꼈다. 잠은 마음을 확인하는 공백이었다. 진짜 사랑은 말이 없었고, 자는 얼굴을 바라볼 때 내 사랑은 가장 시끄러웠다.

느리게

걷는

마음

|

이왕이면 편지 쓰는 삶을 살고 싶다. 편지를 쓸 때면 내가 더 나은 사람이 되는 기분이다. 편지로 쓸 만큼의 이야기가 내게 아직 남아있는 것 같아서일까, 혹은 전할 대상이 있다는 것에 대한 뿌듯함 때문일까. 아니면 편지가 시대를 역행하는 최후의 아름다움을 간직하고 있어서일까.

어릴 적에는 편지를 써서 누군가에게 건네는 일이 지금보다 더 일상적이었다. 특히 기억나는 건 미술 시간에 했던 카드 만들기다. 편지 쓰는 날은 어버이날과 크리스마스, 한 해에 두 번

이상은 꼭 있었다. 학기가 끝나는 것을 알리는 것 또한 편지였다. 롤링페이퍼(팔절지에 돌려가며 쓰는 단체 편지)는 해가 바뀌기전 친구들끼리 주고받는 필수 의식 같은 거였다. 친구들과의유대가 종이 위에서 펼쳐진 셈이다. 고작 몇 줄짜리 글을 주고받았을 뿐인데 어색한 끈끈함이 느껴졌다. 그 커다랗고 어지러운 편지는 학기 중 가장 간절히 기대하던 선물이었다.

어른이 되고서도 종종 손 편지를 썼다. 편지는 어떤 수단보다 효과적으로 나의 진심을 후원했다. 약간의 불편, 약간의 결심, 약간의 부지런함만으로. 손에 쥐고 만질 수 있는 글씨만이가진 풋풋한 뉘앙스가 있었다. 편지는 택배와는 달리 이동 경로를 추적할 수 없다는 점도 좋았다. 꼼수 없이 무작정 기다려야만 한다. 심지어 도착이 보장되지도 않는 일반우편은 모든것이 추적 가능한 이 시대에 남은 불친절한 낭만이다. 그 대신1~2주의 기다림 끝에 우편함에 꽂힌 종이봉투를 만났을 때의기쁨은 어떤 것과도 비교할 수 없을 만큼 크다.

편지를 많이 쓴 해엔 그해의 성과들과는 별개로 만족스러웠다. 덜 쓴 해에는 다음 해에 더 많은 편지를 써서 만회하려 했다. 그것은 나의 유년 시절로 돌아가 추억을 건져오는 태도 같은 거였다. 편지는 나만의 차별화된 연락 수단이었다. 어쩐지전화나 직접 말을 거는 것과는 달랐다. 손으로 만져지지 않는마음을, 손으로 만져지는 펜과 종이를 골라 옮기는 과정은 그

수고스러움 덕분인지 더 아름다워 보였다. 마음의 실사판인 편지 속 내용은 어쩐지 더 짙고 푸르렀다.

   나는 선물을 받을 때조차 그 안에 함께 담겨 있을 편지를 더 기대했다. 달콤한 연락을 주고받은 후 그 상대가 보내온 선물을 열어보았을 때 작은 쪽지라도 없으면 크게 실망하곤 했다. 혹여나 편지가 숨겨져 있지는 않을까 싶어 선물 상자를 뒤집어 탈탈 털어보았던 적도 있다. 편지가 없는 선물은, 대화체가 빠진 소설과도 같다. 영 심심하고, 막연하고 조금은 서운한 것이다.

   이런 내 마음을 잘 알고 있는 친구들은 불시에 편지를 보내온다. 나를 기쁘게 할 궁리를 하는 사람들이 있다는 건 행운이다. 선물 대신 편지를 달라는 말은 내가 매해 생일마다 하는 말이어서 그 닦달 덕분에 기분 좋은 후유증이 생긴 거다. 최근에는 영국에 사는 주현이가 그랬다. 나는 성급히 태평양을 건너온 종이봉투를 열었다.

   달링 지혜, 안녕 잘 지내지?

   나는 4월이 너무 좋아. 그동안 우리 통화했을 때 네 말대로 나에게 집중하는 시간을 보내고 있었어. 그러니 더 바빠지기도 하고 기대감도 생기고 여러모로 머릿속이 간결하고 시원해졌다! 용기도 생기고! 고마워 지혜야. 그리고 동생에게 부탁해서 네 책이 오길 기다리고 있어. 어서 받아 찬찬히 읽을 거야. 많이 늦었지만 여전히 기대된다.

널 알게 된 지 짧으면서도 긴 시간이 지난 것 같아. 우리 각자의 삶 어느 지점에서 널 알게 되어 정말 감사해. 자주 이야기 나누진 못하지만 늘 가까운 느낌이 드는 지혜. 무슨 생각 하며 지내는지 궁금하다. 다음엔 어디서 널 만날 수 있을까. 그땐 여유 있는 시간을 보내고 싶어. 맛있는 요리해줄게. 종종 통화하자, 문자도. 그럼 다가오는 봄 잘 맞이하고 신나는 여름 보내. 다시 추울 때 만날 수 있겠지? 그 전에 보면 훌륭하고? 건강하게 잘 지내. 언제나 응원해. 사랑해.

2021. 4. 25.

주현의 손 글씨가 반가웠다. 주현 특유의 씩씩함이 묻어나는 글씨체였다. 그 편지를 바라보고 있자니 주현이 걸어오는 장면이 겹쳐 보였다. 나는 주현이가 걷는 모습을 상상했다. 그 애가 어떻게 걸었었지, 하고. 잠시 후 그가 걷는 모습이 머릿속에 떠올랐다. 그는 런던의 카나비 스트리트의 횡단보도가 없는 좁은 골목에서 사람들을 제치고 걸었다. (몸집이 작아서 더 씩씩해 보이는 그는 홍콩 여자배우처럼 짧은 머리를 하고 있었다) 그러나 그의 걸음걸이가 무척 발랄했던 것과는 달리 손 편지는 천천히 여유 있게 걷는 마음이었다. 한 번에 한 걸음씩, 한 글자씩 직접 걸어서 가는 일이다. 그것은 바다와 시간을 건너 내게로 걸어왔다. 편지를 읽는 순간 주현이 직접 나에게 말을 건네는 것 같았고 그가 글씨를 채우고, 봉투를 봉하고, 우표를 붙이는 모습이 눈앞에 보이는 듯했다. 그 수고스러운 과정으로 우리 둘의 시차와 거리는 문자나 전화를 할 때보다 훨씬 근사하게 극복되었다.

나는 편지들을 모아 나를 복구하는 데 사용했다. 진줏빛 마음을 읽고 또 읽었다. 마음을 듬뿍 머금은 편지는 마음이 빈곤하여 어떤 긍정이라도 붙잡고 싶을 때, 세상의 모든 것이 위험으로 다가올 때 큰 효력을 발휘했다. 고단함에 마음이 바스라질 것 같을 때 나는 그 글씨들을 꼭꼭 씹어 삼켰다. 그들은 나에 대해 대신 말하고 썼다. 그들이 말해주는 나는 내 기억 속의 나보다 훨씬 눈부셨다.

> 여러 색깔을 가진 대도 하나 어색한 곳 없는 네가 참 마음에 들어. _송아의 편지

> "긴장돼"를 긍정적으로 쓸 수 있음을 파리의 우체국에서 처음 보여준 그녀. _정원의 편지

모든 걸 깨부수고 나온 걸 축하해, 그래봤자 고작 20대구나. _혜미의 편지

넌 내가 나 여기 있어, 라고 하지 않아도 먼저 알아봐 준 친구야. _남우의 편지

언니랑 있을 때 나는 더 나다워져. 편안하고 든든해서 더더욱 무모해져. _혜은의 편지

반 고흐는 나보다 훨씬 심한 편지 광이었다. 그는 평생 자신을 지지해준 친동생 테오에게 668통의 편지를 보냈다. 그 편지들을 엮은 책《반 고흐, 영혼의 편지》에는 고흐가 동생 테오로부터 받은 열다섯 통의 편지도 실려있었다. 나는 고흐가 테오에게 보낸 편지들보다, 동생 테오가 형 고흐에게 보낸 편지들에 더 오래 머물렀다. 나의 친구들이 내게 보내온 사랑과 닮아있었기 때문이다.

의지만 있다면 형은 아주 빠른 시일 안에 다시 작업을 시작할 수 있을 거라고 확신해. 작업실로 돌아갔을 때 습기에 곰팡이가 핀 그림을 보고 절망감을 느끼기도 했겠지. 나도 무척 속이 상했어. 하지만 우리 희망을 갖기로 해. 형의 불행은 분명 끝날 거야. _1889년 5월 2일

형의 그림 속에서는 싸구려 그림들에서는 결코 발견할 수 없는 힘이 있어. 그 그림들은 시간이 흘러 더 아름다워질 거야. 언젠가는 분명 큰 평가를 받게 될 거라고. _1889년 5월 22일

내가 형만큼 섬세하진 못하지만, 이따금 형이 느끼는 감정에 나도 함께 휩싸이면서 도저히 풀 길 없는 많은 생각을 하게 돼. 용기를 잃지 마, 형. 그리고 내가 얼마나 형을 그리워하는지 잊지 말길. _1889년 8월 14일

1880년에 쓰인 편지들을 보며 생각한다. 어떤 마음은 말로 분해되지 않고 종이 위에 남아있어야만 한다고, 기술에 기대지 않고 꼭 천천히 도착해야만 한다고. 편지는 분명 사랑을 전하는 데 탁월하다고. 사랑을 전하는 게 편지를 쓰는 일이라면, 나는 앞으로 계속 편지를 쓰는 사람이고 싶다. 사랑은, 그 방식이 구닥다리일수록 진심의 옷을 하나 더 걸칠 테니.

나는

노력하지 않아도

그 속에 있어

좋아하는 마음은 노력이 필요 없다. 취향이나 애정은 단순히 마음을 따르는 거니까. 미술관과 토요일을, 푸른색 스웨터와 싹싹한 미소를, 나는 노력해서 좋아하는 게 아니다. 같은 노래를 반복해서 듣는 일도 누가 시켜서 하는 게 아닌, 그저 좋아서 하는 일이다. 무언가를 좋아하는 건 양말을 벗는 일만큼이나 쉽다. 게다가 그것들은 마음속에 살아서 까먹고 집에 두고 올 일도 없다. 항상 함께 다니니 불안하지 않다. 떠올리기만 해도 행복이 퍼져 슬프거나 아플 때 얼른 그것들을 꺼낸다. 좋아하는 것들의 목록은 미리 준비해둔 기분 같은 거다. 일종의 보험이자, 회복을 보장하는 약인 셈이다. 그 이름들을 자주 떠올리면 마음이 풀리는 것은 물론이고 어딘가에 소속된 기분마저 든다.

마르그리트 뒤라스의 책 《이게 다예요》에 이런 구절이 나온다. "나는 노력하지 않아도 그 속에 있어." 내가 속한 곳을 떠올려보았다. 노력 없이도 성실하게, 나는 내가 사랑하는 것들 안에 속해 있었다. 그러니까 내 소속은 특정 국가나 성별, 회사가 아니라 내가 정한 애정의 테두리 안이었다. 그 안에 머무를수록 두려울 게 없어졌다. 사랑은 겉으로는 말랑말랑해 보이지만 실은 가장 튼튼한 방어다.

향수가 된

글

나에게 잊을 수 없는 책 리뷰가 하나 있다.

"이 책은 제게 마음에 뿌리는 향수였어요."

　종종 열리는 사인회에서 많은 독자들을 만난다. 짧은 시간
동안 진행되는 행사에서 우리는 빠르게 스쳐 지나간다. 나는
그들을 무척 가깝게 느낀다. 그들은 모두 독자 특유의 수줍음
을 머금고 서 있다. 차례가 된 이들은 내가 사인을 하는 동안

기다렸다는 듯 준비한 말을 대사처럼 쏟아낸다. 그들의 손에는 밑줄이 여기저기 쳐진, 메모가 곳곳에 붙은 애정의 흔적이 가득한 낡은 책이 들려있다. 하지만 책을 들고 있지 않은 사람에게서도 책이 보였다. 책의 어떤 표현은 이미 그 사람의 일부가 되어 있었다. 실제 해진 책이 아니어도 그 사람 자체가 글에 대한 애정의 증거였다. 스쳐 지나가듯 하찮아 보이는 문장이라도 그것을 삶의 땔감으로 삼았다면 그것은 이미 내 것이 아닌 상대의 것이다.

나는 자랑스럽게 낡은 책을 내미는 독자들을 앞에 두고 몰래 마음 저려 했다. 수줍어 표현하지는 못했지만 그들의 눈빛을 하나하나 외웠다. 글을 쓸 용기를 주는 눈빛이었다. 그들에게서 하나같이 마음으로만 맡을 수 있는 향기가 났다. 좋은 냄새가 나는 마음들을 가방에 잘 넣어서 집으로 돌아갔다. 그 마음에 힘입어 '어떤 글은 향수가 될지도 모르잖아' 하고 스스로를 격려하며 글을 썼다.

나의

택배 기사

지나치게 덥거나 추운 날씨는 싫다. 눈이 펑펑 내리는 날도 내게는 그리 로맨틱하지 않다. 그런 날씨일 때면 우비를 입은 아빠를 머릿속에 그려본다. 아빠는 현재 10년 차 베테랑 택배 기사다.

나는 초등학교 때부터 서점 구경을 좋아했다. 지금도 생생히 기억나는 순간은 《부자 아빠, 가난한 아빠》라는 제목의 경제경영서를 발견했던 순간이다. 어린 나이에도 제목에서 나온 두 가지 중 어떤 단어가 아빠의 수식어인지 정확히 알고 있었다.

우리 아빠는 가난한 아빠였다. 가난이라는 단어를 더 초라하게 만드는 부자라는 말이 싫었다.

나의 학창 시절은 끝없는 이사와 전학, 아빠의 이직으로 점철되었다. 아빠는 직업이 자주 바뀌었다. 싱크대 공장부터 건어물 알뜰장 장사, 막노동, 중고옷 장사 등 안 해본 일이 없었다. 초등학생 때, 집으로 가는 길에 있던 대단지 아파트에서 일주일에 한 번씩 알뜰장이 섰다. 아빠는 그 알뜰장에서 건어물을 팔았는데, 그는 말수가 적고 무뚝뚝한 편이라 뒷짐을 지고 조용히 자리를 지켰다. 말린 멸치나 땅콩 등을 늘어놓고 혼자서 있는 아빠를 보면 나는 다른 길로 돌아갔다.

그러다 내가 성인이 되던 해 아빠는 택배 기사 일을 시작했다. 그때부터였다. 아빠가 자신의 남은 인생을 바칠 만한 천직을 만난 듯 신나게 일을 한 건. 그는 성실히 일했다. 아침 5시에 일어나 오후 7시쯤 집으로 돌아오는 고된 노동이었음에도 그는 불평 한마디 한 적이 없었다. 명절 연휴를 앞두거나 배송이 많은 화요일이면 저녁 9시가 넘어도 돌아오지 않을 때도 많았다. 그는 아침에 일어나자마자 자신만의 루틴을 철저하게 지켰다. 온몸 구석구석을 늘리고 당겼다. 그리고 항상 집에 도착하자마자 샤워를 마친 뒤, 간단한 안주를 곁들여 맥주 한 잔을 비우고 송장 정리 작업에 들어갔다. 그는 자신의 힘이 닿는 한 이 일을 놓지 않을 거라고 말했다. 자신을 필요로 하는 이 일이 너무 좋고 고마워서, 자기 몸을 지극정성으로 관리하는 것이라고 했다. 아빠는 꼭 택배 일을 하려고 태어난 사람처럼 보였다.

그의 택배 기사 인생이 줄곧 평탄했던 것만은 아니다. 내가 대학생이었던 어느 날에는 아빠에게 고객의 욕설이 담긴 문자 메시지가 한 통 도착했다. 우리 가족의 저녁이 수화기 너머 높아진 언성으로 잔잔하게 얼룩졌다. 나는 순간 번호를 외워 가족 몰래 그 고객에게 전화를 걸었다. 이름도 모르는 그 번호의 주인이 전화를 받자 나는 다짜고짜 "당신이 모욕한 사람이 나의 아버지예요."라고 말하고는 황급히 전화를 끊었다. 나는 그날 동네 놀이터에서 울다가 상가 화장실에서 세수를 하고 집으로 들어갔다.

나는 아빠가 퇴근을 하고 집에서 송장 정리를 할 때면 늘 긴장을 했다. 방 너머로 희미하게 들려오는 아빠의 전화 목소리 톤으로 고객이 화를 내고 있는지, 차분하게 대화를 하는 것인지 알 수 있었다. 조금이라도 언성이 높아지는 듯하면 마음이 괴로웠다. 나는 매일 아빠가 상처받지 않기를, 무사하기를 바라고 기도했다.

그 이후로 나는 다른 택배 기사님들을 나의 아빠 대하듯 했다. 택배가 조금 늦어도 재촉하지 않았고, 작은 실수가 있어도 화내지 않았다. 나의 아빠라고 생각하면 어떤 화든 금방 가셨고 모든 문제가 별것 아닌 일이 되었다. 사랑은 그렇게 확장되었다. 나와는 전혀 상관없다고 여겼던 사람들이 어느덧 이름 모르는 가족이 되었고, 뉴스에 나오는 온갖 사건이 나와 어떻게든 관련된 일이 되었다. 다행히도 세상에는 선하고 예의바른 사람들도 많았다. 나는 그 무렵 가끔 아빠의 스마트폰을 몰래 보곤 했다. 그러다 '기사님, 감사해요. 더운 날씨에 수고가 많으시네요'와 같은 답장을 발견할 때면 숨 막히게 기뻤다.

엄마에게서 사랑을 배웠다면, 아빠에게서는 자유를 배웠다. 그것은 사람들의 시선으로부터 해방되어 온전히 자기 자신으로 살아가는 태도였다. 그것은 행복과 직결되는 매일의 마음가짐이었다. 아빠는 늘 말했다.

"네가 청소부가 되어도 좋아. 수학 점수 20점을 받아와도 난 전혀 상관 안 해. 네가 행복하기만 하면 돼."

아빠는 상투적인 부모가 되길 거부했다. 내가 수능을 망치자 경비를 보태주겠다며 1년 동안 여행을 다녀오라고 권했던 그였다. 아빠는 존댓말을 싫어했다. 내가 장난으로라도 말을 높이면 간지럽다며 제지했다. 그의 생각은 보통의 기성세대들이 하는 생각과 늘 달랐다. 하지 말라는 게 없었다. 세속적인 관념에 속지 말라고 나에게 누차 강조했다. 인기에 연연하지 말라는 것도, 돈 말고 꿈을 좇으라는 말도 아빠의 솔직함이 아니면 할 수 없는 말이었다. 갈피를 잡지 못할 때마다 나는 아빠와 함께 설정했던 소박한 초심으로 돌아갔다. 내가 바라는 나의 모습과 아빠가 기대하는 나의 모습이 일치하는 것은 자라오면서 누렸던 가장 큰 행운이었다. 단 한 번도 나를 의심한 적 없는 그는 누구나 부러워할 만한 아빠였다.

그는 교회에 갈 때도 반바지를 입고 갔다. 그럴 때면 보수적인 엄마와 매번 다투고 호탕하게 웃으며 현관을 나섰다. 여름이면 샌들을 신었고, 빈티지 선글라스를 꼈다. 오래된 것의 소중함을 알며 그 속에서 개성을 찾는 능력은 모두 그에게서 왔다. 그의 미소 또한 일품이다. 훤칠한 체격에 좀처럼 감정을 드러내지 않는 그가 평소의 건조함을 깨고 환하게 웃을 때면 주변의 공기가 순식간에 녹아내린다. 그는 자기가 좋아하는 것 앞에서 아기자기한 사랑을 뽐낸다. 맨발로 산길을 걷고, 자신이 가고 싶은 산장을 예약해 기가 막힌 일정을 꾸리고, 모든 사람을 자기가 좋아하는 방향으로 자연스레 인도한다. 그렇게 조용히 사랑의 기운을 전파한다. 자신만 그걸 모르고 있을 뿐이다. 아빠는 무엇보다 딸인 나를 사랑한다.

"아빠가 표현은 안 해도 네 얘기 얼마나 많이 하는데."

엄마는 눈썹을 실룩거리며 웃겨 죽겠다는 듯이 이야기했다. 어젯밤 가족이 마주 앉은 식탁에서 아빠가 선언하듯 말했다.

"내가 살면서 제일 하고 싶었던 게 뭔 줄 알아? 내 생각을 글로 표현하는 것. 그리고 그림으로 그려보는 것. 떠돌며 사는 것. 근데 내 딸이 지금 그걸 다 하고 있잖아. 나는 꿈이 많은 사람이었어. 하고 싶은 게 아주 많았다고. 널 보며 대리만족을 느껴. 너는 누가 뭐래도 내 딸이야. 나랑 아주 많이 닮았어."

나는 눈물을 참으며 괜히 반찬만 뒤적거렸다. 어수선한 침묵이 가득한 식탁이었다. 각자 숨겨둔 마음이 많아서다. 가장 사랑하는 사람들끼리 있을 때 서로 고마움을 표현하기 더 힘들어진다. 나는 속으로 생각했다. '나의 모든 자유는 당신에게서 왔노라고. 당신이 가난했기에 나 자신을 무기로 떳떳해지는 법을 배웠다고. 당신에게 배운 세계를 지키기 위한 여정들이었다고.'

최근 새로운 일과가 생겼다. 고양이와 함께 아빠의 퇴근을 반기는 일이다. 수많은 택배 차가 오가지만 고양이와 나는 아빠의 트럭 소리를 귀신같이 알아차리고 동시에 베란다로 뛰쳐나간다. 그러면 아빠는 휘파람을 불며 우리를 올려다보고 있다. 눈이 마주칠 때마다 매번 울컥한다. 엄마보다 언제나 한 발치 먼 곳에서 나를 바라보는 아빠에게 애정을 표하기란 쉽지 않다. 나는 아빠를 몰래 사랑한다. 아빠를 닮아 무뚝뚝하게. "잘 다녀왔어?" 용기 내어 한마디 던진 게 고작 이런 말이다. 그가 거실에 앉아 송장 정리를 시작하면 나는 내 방으로 들어온다. 어릴 적 아빠와 함께 찍은 사진이 책상 위에 항상 놓여 있다. 사진 속의 부녀는 짙은 눈썹과 긴 팔다리는 물론, 어딘가 장난스러운 표정까지 빼닮아있다. 그 사진을 볼 때마다 이상하게도 용기가 샘솟는다. 네 멋대로 살라는 아빠의 달콤한 명령이 내 귓가에 맴돈다.

사랑이 유행하는 세계

나는 사랑보다 미움이 많은 아이였다. 어린 시절, 세상 모든 게 불만이던 나를 쿡 찌른 한마디가 있었다. "넌 뭐가 그리 불평불만이 많아. 좀 긍정적으로 변해봐."

못생긴 마음을 들키는 일은 수치스러웠다. 나는 다짐했다. 딴사람이 되어보기로. 몇 개월 뒤 나는 정말 달라졌다. 불평을 줄이고 감사를 연습하다 보니 사랑이 생겼다. 그래서 친구들을 사랑하는 게 나 자신보다 더 중요해졌다. 그런 나의 마음은 주변 친구들에게도 쉽게 번졌다. 사랑하면 모든 게 쉬워진다는 것을 그때 알았다.

열다섯 살. 그때부터 절실한 믿음을 갖게 됐다. '우리'에 대한 믿음, 세상에 대한 믿음, 사랑으로 세상과 사람을 달리 보는 눈빛의 믿음. 내게 사랑은 은유가 아니라 본능이고 직관이었다.

그때 배운 마음 그대로 청년이 되었다. 글을 쓰기 시작하면서 사랑에 대해 적었다. 쓸 줄 아는 게 그것뿐이었다. 이따금씩 고비가 찾아왔다. 어떤 비판이 두려워졌기 때문이다. 누군가 그런 글은 그만 쓰라고 할 것 같았다. 나는 생각했다. 사랑은 유치한가, 가벼운가, 혹은 한물 간 유행처럼 촌스러운가. 너무 예쁘기만 한가. 언제까지 사랑타령만 할 건가.

나조차 사랑을 의심하고 있었다. 이 책은 그 의심을 깨는 과정이었다. 면밀히 사랑을 살펴보니, 사랑의 부드러운 인상은 단편적인 오해였다는 것을 알았다. 사랑에는 웃는 얼굴만 있지 않았다. 어떤 경험을 웃으면서 말할 수 있을 때까지 홀로 견뎌온 시간과 후회, 머뭇거림, 뒤에 숨은 슬픔과 아픔까지도 그것에 포함이었다. 그 모든 것을 간직하고 나아가는 사람만이 사랑을 지속할 수 있었다. 사랑하는 사람은 사실 가장 진지하고 강하다.

나는 그 면면들을 슬픔, 우울, 혼란, 체념이 아닌 그냥 사랑, 이라고 이름 붙여 버렸다. 이 책으로. 이 모든 게 결국 사랑이었다고 말해버렸다. 따뜻한 마음이 무시당하거나 오해받을 때

설명을 대체할 무기가 되면 좋겠다고 생각했다. 이런 것도 다 사랑이라고 내보일 수 있게.

이런 생각들을 쌓아가며 이 책을 썼다. 준비하는 내내 우리의 세계에 유행하는 것이 질병이 아니라 사랑이길 기도했다. 그리고 그런 유행이 시작될 때까지 사랑을 홍보하리라고 마음먹었다.

나는 사랑을 믿는다. 사랑의 전망은 앞으로도 밝을 것이다.
사랑은 내 평생의 유행이다.

11p. |《절대 돌아올 수 없는 것들》, 에밀리 디킨슨 저, 박혜란 역, 파시클(2018)

14p. 18p. |《나의 미카엘》, 아모스 오즈 저, 최창모 역, 민음사(1998)

41p. | 영화 〈월터의 상상은 현실이 된다〉, 감독 벤 스틸러(2013)

41p. |《마녀의 마법에는 계보가 없다》, 에밀리 디킨슨 저, 박혜란 역, 파시클(2019)

53p. |《보르헤스의 말》, 호르헤 루이스 보르헤스 저, 서창렬 역, 마음산책(2015)

82p. |《그리스인 조르바》, 니코스 카잔차키스 저, 유재원 역, 문학과지성사(2018)

123p. | 영화 〈레인 오버 미〉, 감독 마이크 바인더(2007)

129p. 130p. | 노래 〈내가 아는 사람 중에 가장 똑똑한 사람〉, 신승은(2016)

147p. |《당신의 주말은 몇 개입니까》, 에쿠니 가오리 저, 김난주 역, 소담출판사(2004)

159p. |《섬》, 장 그르니에 저, 김화영 역, 민음사(1997)

162p. 164p. 165p. |《그리고 아무말도 하지 않았다》, 전혜린 저, 민서출판사(2002)

170p. |《하치의 마지막 연인》, 요시모토 바나나 저, 김난주 역, 민음사(1999)

179p. |《불안의 책》, 페르난두 페소아 저, 오진영 역, 문학동네(2015)

221p. 222p. |《반 고흐, 영혼의 편지》, 빈센트 반 고흐 저, 신성림 편, 위즈덤하우스(2017)